# MR. DALTONS STYLISTIN

## CHARLOTTE BYRD

CHARLOTTE BYRD

*dangerously addictive*

# COPYRIGHT

## ÜBER MR. DALTONS STYLISTIN

"Frauen, die sich ihre Haare selbst färben, gehen nicht mit Filmstars aus!"

Warum habe ich dann ein Date mit ihm?

Ich bin eine Stylistin mit einem Lebenslauf voller gefälschter Berufserfahrung (wenn ich ehrlich gewesen wäre, hätte mich niemand eingestellt). Ich fahre ein beschissenes Auto und habe $37,58 Dollar auf meinem Bankkonto.

Er ist People's Sexiest Man Alive, der in einem Strandhaus (oder besser gesagt einer Villa) in Malibu wohnt.

Wir passen aus so vielen Gründen nicht zueinander. Der wichtigste Grund ist: Ich hasse alles an ihm.

Finn Dalton ist arrogant, eingebildet und egozentrisch.

Er glaubt, er sei Gottes Geschenk an die Frauen, und die Tatsache, dass er mit fast jeder verfügbaren (und nicht verfügbaren) Frau in Hollywood geschlafen hat, stützt diese Theorie.

Ich hasse ihn... also was mache ich hier? Warum sage ich immer wieder ja?

Ja, zu einer Verabredung. Ja, zu einem Kuss. Ja hierzu.

Und was passiert, wenn die einzige Person, an der alles falsch ist, die richtige ist?

## LOB FÜR CHARLOTTE BYRD

„Dekadent, vorzüglich, ein gefährliches Suchtobjekt!" - Bewertung ★★★★★

„So meisterhaft verwebt, kein Leser wird es weglegen können. EIN MUST-HAVE!" - Bobbi Koe, Bewertung ★★★★★

„Fesselnd!" - Crystal Jones, Bewertung
★★★★★

„Spannend, intensiv, sinnlich" - Rock, Bewertung
★★★★★

„Sexy, geheimnisvolle, pulsierende Chemie..." - Mrs. K, Bewertung ★★★★★

„Charlotte Byrd ist eine brillante Schriftstellerin. Ich habe schon viel von ihr gelesen, viel gelacht und geweint. Sie schreibt ein ausgeglichenes Buch mit brillanten Charakteren. Gut gemacht!" - Bewertung ★★★★★

„Rasant, düster, süchtig machend und fesselnd" - Bewertung ★★★★★

„Heiß, leidenschaftlich und mit großartigem Handlungsstrang." - Christine Reese ★★★★★

„Du meine Güte... Charlotte hat einen neuen Fan fürs Leben." - JJ, Bewertung ★★★★★

„Die Spannung und Chemie steht auf Alarmstufe rot." - Sharon, Bewertung ★★★★★

„Elli und Mr. Aiden Black starten eine heiße, sexy, und faszinierende Reise." - Robin Langelier ★★★★★

„Wow. Einfach nur wow. Charlotte Byrd macht mich sprachlos... Sie hat mich definitiv begeistert. Sobald man das Buch zu lesen beginnt, kann man es nicht mehr ablegen." - Bewertung ★★★★★

„Sexy, leidenschaftlich und fesselnd!" - Charmaine ★★★★★

„Intrigen, Lust, und phänomenale Charaktere... Was will man mehr?!" - Dragonfly Lady ★★★★★

„Ein tolles Buch. Eine extrem unterhaltsame, fesselnde und interessante Geschichte. Ich konnte es nicht mehr weglegen." - Kim F, Amazon Bewertung ★★★★★

„Die Handlung ist einfach großartig. Alles, was ich mir in einem Buch wünsche und noch mehr. So eine großartige Geschichte werde ich immer wieder lesen!!" - Wendy Ballard ★★★★★

„Die Handlung war voller Wendungen und Überraschungen. Ich konnte die Heldin und natürlich auch mit Mr. Black sofort ins Herz schließen. Vorzüglich. Es ist sexy, es ist leidenschaftlich, es ist heiß. Es ist einfach von allem was dabei." - Khardine Gray, Bestseller-Autorin von Romantik ★★★★★

## MELDE DICH FÜR MEINEN NEWSLETTER AN!

Möchtest Du immer zu den Ersten gehören, die von Sonderangeboten, Neuveröffentlichungen und exklusiven Giveaways erfahren?

Melde Dich für meinen **Newsletter** an und werde Mitglied in meinem **Reader Club**!

Haus von York

Krone von York

Thron von York

### *Gefangen in Eis Serie*

Gefangen in Eis

Gefangen in Schmerz

Gefangen in Spitze

Gefangen in Hass

Gefangen in Liebe

### Geheimnisse Serie

Geheimnisse und Lügen

Geheimnisse und Wahrheit

Geheimnisse und Hoffnung

Geheimnisse und Angst

Geheimnisse und Hass

Geheimnisse und Liebe

### Gefährliche Verlobung Serie

Gefährliche Verlobung

Tödliche Hochzeit

Verhängnisvolle Ehe

## ÜBER CHARLOTTE BYRD

Charlotte Byrd ist Bestseller-Autorin mehrerer
moderner Liebesromane. Sie lebt in
Südkalifornien, zusammen mit ihrem Mann,
ihrem Sohn und einem verspielten Australian
Shepherd. Sie liebt Bücher, warmes Wetter und
kristallblaues Wasser.

Kontaktieren Sie sie über:

charlotte@charlotte-byrd.com

Finden Sie Ihre Bücher auf:

www.charlotte-byrd.com

Verbinden Sie sich mit ihr auf:

www.facebook.com/charlottebyrdbooks

Instagram: www.
instagram.com/charlottebyrdbooks

Twitter: www.twitter.com/ByrdAuthor

Facebook-Gruppe: Charlotte Byrd's
Reader Club

---

Möchtest Du immer zu den Ersten gehören, die
von Sonderangeboten, Neuveröffentlichungen
und exklusiven Giveaways erfahren?

Melde Dich für meinen **Newsletter** an und
werde Mitglied in meinem **Reader Club**!

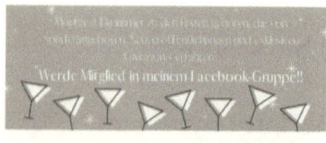

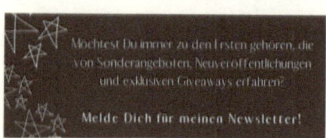

# 1

## FINN

Iᴄʜ ᴡᴀᴄʜᴇ mit pochenden Kopfschmerzen auf.

Bumm.

Bumm.

Bumm.

Etwas benebelt taste ich den Nachttisch nach einem Glas Wasser ab, aber es ist keins da.

Verdammt!

Mein Mund ist trocken wie eine Wüste und meine Lippen sind rissig.

Ich verlasse das Schlafzimmer, gehe durch das Wohnzimmer in Richtung Küche.

Es sind Zeiten wie diese, in denen ich es wirklich bereue, ein 450 Quadratmeter großes Haus zu besitzen.

Wenn es nicht so groß wäre, würde ich nicht so lange brauchen, um in die Küche zu gelangen.

Ich schnappe mir eine Flasche Wasser aus meinem neuen 10.000-Dollar-Kühlschrank - ich wusste nicht, dass Kühlschränke so viel kosten können, aber der Innenarchitekt hat mich darüber aufgeklärt – und trinke das ganze Ding auf einmal aus. Ich hätte gestern Abend nicht so viel trinken sollen.

Ich schlucke ein paar Aspirin und gehe auf die Terrasse.

Ich hasse es, verkatert zu sein.

Wer hasst das nicht?

Jeder Muskel in meinem Körper tut mir weh.

Ich fühle mich, als hätte ich gerade vier Stunden mit meinem Personal Trainer trainiert, aber in Wirklichkeit habe ich mich extrem mit meiner Ex gestritten.

Ariel Chantal.

Natürlich nicht ihr richtiger Name.

Aber wer von ihnen verwendet schon seinen richtigen Namen?

Falls du in den letzten Jahren unter einer Käseglocke gelebt hast und nicht wissen solltest, wer Ariel Chantal ist, lass mich dich aufklären.

Sie ist die beliebteste Vampirin im Fernsehen. Sie spielt Erica Hill, ein Mädchen, das ein Doppelleben führt; tagsüber ein normales Highschool-Mädchen und nachts die Vampirkönigin.

Es gibt eine Erklärung dafür, warum sie weiterhin zur Schule geht, obwohl sie eine Vampirkönigin ist, aber ich weiß nicht mehr, welche das ist.

Die Show ist ein Hit und vor kurzem wurden zwei weitere Staffeln angekündigt.

Sie hat gerade einen neuen Vertrag unterschrieben, und sie wird besser bezahlt als jeder andere weibliche Fernsehstar da draußen.

Ausgerechnet ich hatte das Pech, mich in sie zu verlieben.

Nicht so, wie es Millionen von Menschen in diesem Land und auf der ganzen Welt getan haben, nein. Ich habe mich nicht nur in ihre schönen grünen Augen und ihr langes glänzendes Haar, das die Farbe von dunklem Kakao hat, verliebt.

Ich habe mich nicht in diese perfekten Brüste und diese seltsamen Tätowierungen mit inspirierenden Zitaten und Schmetterlingen und Vögeln verliebt.

Auch wenn ich eigentlich gar nicht auf Tätowierungen stehe, betonen sie doch irgendwie die Kurven ihres Körpers noch mehr.

Und, wow, sie sehen toll aus, wenn sie nackt ist.

Nein.

Ich habe mich wegen keines dieser Dinge in sie verliebt.

Zumindest anfangs nicht. Zuerst dachte ich, sie sei heiß und wir würden uns treffen und das wäre das Ende der Geschichte.

Ich bin in der Vergangenheit schon mit anderen Schauspielerinnen ausgegangen.

Ich bin selbst nicht ohne. Ich bin seit Jahren auf den Titelseiten von Teen Beat zu sehen (und jeder wird bestätigen, dass es schwer ist, diesen Mist zu schaffen, wenn man nicht besonders heiß ist), und mein Agent hat mir gerade gesagt, dass ich in der Endrunde von *People's* Sexiest Man Alive bin.

Aber das ist alles nicht der Punkt.

Worum geht es dann?

Der Punkt ist, dass Ariel und ich nicht nur ein Publicity-Gag waren.

Ja, mein Agent hat uns einander vorgestellt, aber nachdem wir ein paar Mal ausgegangen waren, fing ich an, mich wirklich in sie zu verlieben.

Und sie hat sich in mich verliebt.

Wir zogen innerhalb eines Monats zusammen.

Wir verbrachten unsere ganze Zeit außerhalb der Arbeit zusammen.

Ich dachte, alles sei perfekt.

Und dann ... passierte das.

Nein, ich kann nicht darüber nachdenken.

Nicht jetzt.

Ich gehe auf der Terrasse herum. Los Angeles liegt unter mir und streckt sich in alle Richtungen aus, so weit das Auge reicht.

In der Ferne ruft mich das Blau des Pazifischen Ozeans.

Obwohl ich nun seit drei Monaten in diesem Haus wohne und dem Innenarchitekten ein kleines Vermögen gezahlt habe, damit in jedem Zimmer alles perfekt ist, bin ich immer noch nicht ganz sicher, ob die Hollywood Hills etwas für mich sind.

Ich liebe die zerklüfteten Schluchten und die Art und Weise, wie sich die Häuser an die Klippen schmiegen, aber ich will das Meer.

Ich möchte aufwachen und die salzige Luft riechen. Ich möchte in der Lage sein, jederzeit, Tag und Nacht, auf mein Surfbrett zu springen.

Besonders an Tagen wie diesen.

Ich atme tief ein und aus.

Ich beuge mich, wie mein Personal Trainer es mir gezeigt hat, nach vorne und bringe meine Arme und Beine in die Haltung des herabschauenden Hundes.

Ich fange gerade mit Yoga an, aber es war eine ziemlich augenöffnende Erfahrung. Es beruhigt mich wenn ich Stress habe.

Es überrascht nicht, dass sich meine Oberschenkelmuskeln heute angespannter anfühlen als sonst.

Ich bewege meine Fersen nach oben, noch weiter nach oben und versuche schließlich, sie zu senken, um sie ein wenig zu strecken.

Nach ein paar entschlossenen Versuchen kooperieren sie endlich und landen auf dem Boden.

Ich sollte mich ausstrecken, aber stattdessen gehe ich direkt zu einem Handstand über. Ich stelle eines meiner Beine auf das Geländer der Terrasse und bilde mit meinem Körper ein L. Dann strecke ich meine Beine zum Himmel empor und balanciere vorsichtig auf meinen Händen.

Ein Handstand ist irgendwie befreiend. Er bringt mein Gleichgewicht durcheinander und gibt mir das Gefühl, unbesiegbar zu sein.

Und entspannt.

Als ich schließlich aus dem Handstand komme, ist es nicht anders.

Erleichterung fließt durch meinen Körper.

Was immer an Wut in meinen Muskeln übrig geblieben ist, entweicht.

Verflüchtigt sich.

Verschwindet.

Ich gehe wieder hinein und mache mir eine Tasse Kaffee.

Nachdem ich einige Minuten auf dem Kopf stand, scheint das Blut in meinem Körper anders zu fließen, und meine Kopfschmerzen beginnen zu verschwinden.

Endlich.

Auf dem Weg in die Küche schalte ich meinen 50-Zoll-Smart-Fernseher ein und drehe die Lautstärke auf.

Ich weiß nicht mehr, was ich gestern Abend gesehen habe, aber aus irgendeinem Grund läuft TMZ.

Ich höre Harvey Levins Stimme im Hintergrund.

Ich schaue diese Sendung nie.

Oh, ja, Ariel war hier.

Sie muss wohl gestern Abend diesen Kanal angeschaltet haben.

Ich mache eine Tasse Kaffee mit meiner Starbucks-Maschine und schaue mir die plötzlichen Bewegungen und Schnitte von TMZ an.

Wie kann man diese Sendung sehen, ohne Kopfschmerzen zu bekommen?

Sie wechseln zwischen den Bildern hin und her, aus keinem anderen Grund als um etwas aufregender aussehen zu lassen, während in

Wirklichkeit nur irgendein Prominenter von Whole Foods zurück zu seinem Auto läuft.

Als meine Tasse fast fertig ist, ertönt eine bekannte Szene aus dem Fernseher.

"Was halten Sie davon, dass Ihre Freundin Ariel Chantal mit Ben Kingsolver das Chateau Marmont verlassen hat?"

"Was?", frage ich die Paparazzi. "Wovon reden Sie?"

"Nun, wissen Sie, sie hat die Nacht dort mit ihm verbracht. Wir haben sie auf Video, wie sie hineingegangen sind, lachen und Händchen halten und dann heute früh wieder herausgekommen sind. Auch Händchen haltend."

## 2

### FINN

Ich schalte den Fernseher aus.

Ich hasse den verletzlichen Blick auf meinem Gesicht.

Er wurde auf allen Nachrichtenkanälen der Unterhaltungsbranche ausgestrahlt.

An einem einzigen Tag ist das irgendwie zu einer Schlagzeile geworden.

Ich schätze, niemand hat je gesehen, wie man aussieht, wenn man herausfindet, dass jemand, der einem wichtig ist, einen betrügt.

Aber das war es dann auch.

Der dumme Fotograf hat mich völlig unvorbereitet erwischt.

Was mich wirklich wütend gemacht hat und warum ich wirklich enttäuscht von Ariel bin, ist, dass sie es mir einfach hätte sagen können.

Sie hätte nicht darüber lügen müssen, dass sie über Nacht verschwunden ist.

Sie hätte mir einfach sagen können, dass sie sich in ihren Co-Star verliebt hat; ich meine, wem ist das noch nicht passiert, oder? Sie arbeiten zusammen.

Sie verbringen ihre ganze Zeit zusammen.

Das ist nur natürlich.

Ich komme mir vor wie ein Idiot.

Was auch immer ich an Zen im Handstand erreicht habe, es ist alles verschwunden.

Ich fühle mich wieder so beschissen wie gestern Abend, als sie hier war und ihre Sachen gepackt hat, um auszuziehen.

Wir haben uns gestritten und herumgeschrien; ich weiß nicht einmal, worüber.

Ich habe sie nicht gebeten, zu bleiben.

Ich wollte nur eine Entschuldigung, und das ist etwas, was sie mir einfach nicht geben wollte.

Ich brauche einen Drink.

Ich schaue auf die Uhr.

Es ist noch nicht einmal zehn.

Nein, so früh trinke ich nicht.

Ich habe mit Anfang dreißig schon viel gefeiert und dieser kleine Zwischenfall mit Ariel wird mich nicht dazu veranlassen, dorthin zurückzukehren.

An diesen dunklen Ort.

Letztes Jahr habe ich einen Film gedreht, in dem ich diesen toughen, knallharten Besserwisser gespielt habe.

Er war ein ziemlich arrogantes Arschloch, aber er hatte einen tollen Spruch.

"Ich trinke nicht, um mich besser zu fühlen. Ich trinke nur, um mich noch besser zu fühlen."

Mit anderen Worten: Man sollte trinken, um etwas zu feiern.

Nicht, um sich aus der Misere zu befreien, denn jeder, der schon einmal getrunken hat, als er deprimiert war, weiß, dass es nicht funktioniert.

Seit ich diese Zeile gelesen habe, versuche ich, sie auf mein eigenes Leben anzuwenden.

Und das ist mir größtenteils ziemlich gut gelungen. Aber jetzt gerade will ich wirklich einen Drink.

Während ich mit meiner Tasse Kaffee auf der Couch sitze, durch die Kanäle zappe und darüber staune, dass es ungefähr eine Million davon gibt und trotzdem absolut nichts läuft, klingelt mein Handy.

Ich schaue auf die Nummer.

Es ist Josh, mein Agent.

"Hey, Finn. Wie geht es dir? Bist du sicher, dass du diesen Film machen willst?", fragt Josh. Das "Wie geht es dir?" ist rein rhetorisch. Er ist ein vielbeschäftigter Mann. Selbst an seinen freien Tagen ist er nicht der Typ für Höflichkeiten.

"Hast du die Nachrichten gesehen?", frage ich.

Man kann mit ihm ganz gut über Probleme sprechen, wenn man ihn in einer guten Stimmung erwischt.

"Ja, natürlich. Aber wen interessiert das? Es lässt dich verletzlich aussehen. Unwiderstehlich. Jede Frau liebt einen Mann, dem das Herz gebrochen wurde."

"Wow, danke", sage ich sarkastisch. "Ich hätte nicht gedacht, dass sich die ganze Sache mit Ariel positiv auf meine Karriere auswirken würde."

"Natürlich, das wird es. Du bist nicht irgendein Idiot, der sie für ein heißeres Modell abserviert hat. Als ob das möglich wäre. Nein, du bist ein netter Kerl, der betrogen wurde. Jetzt bist du der Kandidat für das Sexiest Man Alive-Cover. Du bist überall in den Nachrichten. Das *People* Magazine wird nicht widerstehen können. Du wirst dich gut verkaufen."

"Da bin ich mir nicht so sicher", murmele ich.

Ich gebe es nur ungern zu, aber mir gefällt irgendwie, dass zumindest eine positive Sache dabei herauskommt.

"Oh, glaub mir", sagt Josh und nimmt einen Schluck von etwas. Wahrscheinlich Red Bull. Er scheint von nichts anderem zu leben. "Aber ich möchte mit dir über diesen kleinen Indie-Film reden. Bist du sicher, dass du das tun willst?"

"Ja, ich habe nach etwas Ernsthafterem gesucht, und das Drehbuch gefällt mir sehr gut. Es ist raffiniert."

"Ja, es ist nicht schlecht. Aber es hat KEIN Marketing-Budget. Wie zum Teufel soll es Geld einbringen?", fragt Josh.

"Ich glaube, er wird es zu den Festivals machen. Also, wenn es den Kritikern gefällt ...", sage ich.

Ich weiß wirklich nicht, wie ich es sonst rechtfertigen soll.

Josh weiß, warum ich das tue. Ich möchte, dass mir ernsthaftere Rollen angeboten werden.

"Es wird einen Monat deiner Zeit in Anspruch nehmen", sagt er.

"Hör zu, ich weiß, dass du enttäuscht bist, dass ich nicht diesen Actionfilm mit Mark Wahlberg mache, aber dieser Film fühlt sich einfach richtig an. Ich weiß, dass ich mehr tun kann, als nur Witze zu reißen und immer genau dasselbe dreiste Arschloch zu spielen."

"Dasselbe heiße, dreiste Arschloch", korrigiert mich Josh.

Ich weiß, dass ich ihn nicht vollständig davon überzeugen kann, warum ich es tun muss, aber das ist in Ordnung.

Ich tue es für mich, nicht für ihn.

# 3

## CHLOE

Es ist der Erste des Monats, und die Miete ist fällig.

Ich gehe in das Schlafzimmer meiner Schwester und rüttele sie wach. Lila hat einen festen Schlaf und ist nicht leicht aufzuwecken.

Sie ist eine Kellnerin, die in einer beliebten Bar/Restaurant auf der Melrose arbeitet, und sie übernimmt fast immer die letzte Schicht.

Es ist nicht ungewöhnlich, dass sie um 4 Uhr morgens nach Hause kommt, was bedeutet, dass sie bis mindestens Mittag schläft. Jetzt ist es erst zehn Uhr morgens.

Ich weiß, dass sie launisch sein wird, um es vorsichtig auszudrücken.

"Lila. Lila!" Ich schüttle sie.

"Was?", murmelt sie und vergräbt ihren Kopf tiefer im Kissen.

"Wo ist dein Trinkgeld?"

"Verschwinde."

"Die Miete ist fällig. Ich muss dein ganzes Bargeld zur Bank bringen, damit ich einen Scheck ausstellen kann und wir nicht zu spät dran sind."

Ich bin sicher, dass ihr die ganze Situation im Einzelnen nicht bewusst ist.

Ehrlich gesagt, weiß ich nicht, wie sie jemals allein leben konnte und nicht rausgeworfen wurde.

Ich bin diejenige, die sich um alle Rechnungen kümmert – sie eigentlich auch bezahlt.

Sie arbeitet und bringt gutes Geld ein, mehr als ich in den meisten Monaten, aber sie macht sich nie die Mühe, ihr Bargeld pünktlich einzuzahlen und vergisst ständig, ihre Kreditkartenrechnungen zu bezahlen.

"Lila", sage ich noch einmal.

Ich sehe, dass sie nicht mehr schläft, sie weigert sich einfach, mit mir zu sprechen.

"Lila", sage ich. "Ich höre auf, dich zu nerven, wenn du mir sagst, wo du dein Trinkgeld von gestern Abend hingelegt hast. Es ist nicht in deiner Handtasche."

"Schau in meinem Mantel nach", sagt sie nach einem Moment. "In der Innentasche."

Ich schaue mir den Garderobenständer an, aber er ist nur mit vier Jacken gefüllt, die sie selten trägt.

Die, die sie gestern Abend getragen hat, liegt auf dem Boden im unteren Teil ihres Schranks. Ich durchsuche die Taschen und finde schließlich ein Bündel Bargeld.

Ich zähle das Geld.

"Du hast gestern Abend über 300 Dollar verdient?", frage ich erstaunt.

"Da war dieser alte Kerl, der wirklich scharf auf mich war", sagt sie und dreht sich schließlich um, um mich anzusehen.

Ihr Make-up ist ganz verschmiert, die Hälfte davon ist in ihr Kissen geschmiert.

Ich weiß, dass der ganze Schmutz auf ihrem Kissen neu ist, denn ich habe erst gestern Nachmittag Wäsche gewaschen.

"Trotzdem, 300 Dollar sind wirklich gut."

"Naja, ich habe dir gesagt, dass du dir eine Stelle suchen musst, die auch nach elf Uhr noch offen hat. Zwischen 11 und 2 Uhr passiert nichts Gutes, außer den Trinkgeldern. Die Leute trinken viel und neigen dazu, auch viel Trinkgeld zu geben."

Ich rolle mit den Augen.

Ich habe dieses Gerede schon einige Male gehört, und offen gesagt, ich habe es ziemlich satt. Mir gefällt mein Job bei Fat Dog ganz gut.

Mir gefällt die Tatsache, dass sie um 11 Uhr schließen, so dass ich tatsächlich eine ganze

Nacht Schlaf bekommen kann. Die Trinkgelder lassen allerdings sehr zu wünschen übrig.

"Ich brauche nur 150 Dollar von dir", sage ich. "Wo soll ich den Rest hinlegen?"

"Egal", sagt Lila und rollt sich von mir weg.

Ich lege den Rest ihres Geldes auf ihren Schminktisch.

Er ist breit und ausladend und gefüllt mit allen möglichen Augenbrauenkits, Lotionen und winzigen Flaschen mit Flüssigkeit.

Es ist wie ein ganzer Sephora-Laden, nur ohne jegliche Organisation.

Wie sie dort etwas finden kann, ist mir ein Rätsel.

"Kannst du die Jalousien zuziehen?", murmelt sie.

Ich ziehe sie runter und gehe raus.

Ich habe nicht viel Zeit, um zu essen und mich zu schminken.

Normalerweise dusche ich abends, was bedeutet, dass meine Haare morgens etwas durcheinander sind. Ich gehe ins Badezimmer und sprühe etwa eine halbe Dose Trockenshampoo darauf. Ich hätte heute Morgen wirklich duschen sollen, angesichts der wichtigen Besprechung, aber jetzt ist es ein bisschen zu spät für Reue.

Ich habe Glück, dass mein Haar glatt und relativ leicht zu handhaben ist. Ich neige meinen Kopf zur Seite und fahre mit den Fingern durch meine Haare hindurch.

Als ich den Kopf zurückwerfe, ist mein Haar auf magische Weise mit Volumen gefüllt. Lila und ich haben beide hellbraunes Haar, aber sie färbt ihres platinblond, solange ich mich erinnern kann. Sie geht alle sechs Wochen wie ein Uhrwerk in den Salon und lässt jedes Mal etwa 150 Dollar dort.

Diesen Luxus habe ich nicht. Ich habe vor einigen Jahren versucht, mit gekauften Farben zu färben, aber ich habe aufgegeben und es herauswachsen lassen, sodass ich jetzt meine natürliche Farbe wiederhabe.

Vor ein paar Wochen hat Lila mir zu meinem Geburtstag einen Geschenkgutschein überreicht, so dass ich einige Strähnchen machen lassen konnte. Sie sahen etwa eine Woche lang fantastisch aus.

Jetzt wachsen sie offensichtlich heraus und ich muss eine Entscheidung treffen.

Soll ich sie weiter wachsen lassen oder wieder alle zwei Monate 70 Dollar für neue Strähnchen ausgeben?

Die Entscheidung zu dieser Frage muss später getroffen werden.

Ich schütte Milch über mein Müsli und verschlinge es, ohne mich hinzusetzen.

Ich schaue aus dem Fenster auf den wolkenlosen Himmel von Los Angeles und die hohen Palmen, die sich zum Himmel strecken.

Der heutige Tag muss gut laufen, sage ich mir. Sei einfach du selbst, und dann klappt es schon. Dann laufe ich zurück ins Badezimmer und trage etwas Eyeliner, Mascara, Lidschatten und Lippenstift auf. Ich lege eine kleine Menge Foundation auf, und schon bin ich bereit.

Ich schaue in den Spiegel. Etwas stimmt nicht. Oh, ja, ich muss meine Augenbrauen richten!

Das hätte ich fast vergessen. Ich hole den Augenbrauenstift heraus und fülle schnell einige Stellen aus.

Anscheinend sind die üppigen Augenbrauen wieder in. Ich habe das erst vor einem Monat mitbekommen, als Lila mich plötzlich anstarrte und sagte, dass ich krank aussah.

"Oh, warte, nein", fügte sie hinzu. "Deine Augenbrauen sind ganz natürlich. Du musst wirklich etwas dagegen tun."

Später an diesem Abend zeigte sie mir, wie man sie korrigieren kann. Ihr Prozess hatte etwa eine Million Schritte, also habe ich ihn auf zwei reduziert.

Ein paar Bewegungen mit dem Stift und dann ein paar Pinselstriche. Perfekt. Naja, wahrscheinlich nicht perfekt, aber gut.

Ich checke die Zeit auf meinem Handy.

Verdammt. Ich bin spät dran.

Ich schaue nochmal in Lilas Zimmer.

"Lila, kannst du das Geld zur Bank bringen?", frage ich. Sie schläft wieder, also sage ich es extra laut. Sie springt leicht auf, weil ich sie erschreckt habe.

"Was?", fragt sie.

"Ich bin spät dran zu meinem Meeting und werde danach keine Zeit mehr haben. Ich fürchte, es kommt nicht rechtzeitig an."

"Ich kann nicht. Ich habe ein Vorsprechen", sagt Lila in das Kissen.

Ich rolle mit den Augen.

Lila hat immer ein Vorsprechen. Ich beschließe, mich nicht auf sie zu verlassen. Sie wird es wahrscheinlich vergessen. Sie ist kein großer Freund von Terminen.

Es passiert nichts Schlimmes, wenn sie es verpasst, aber die Tatsache, dass es einen Termin gibt, macht mich super nervös.

Außerdem waren wir schon einmal mit der Miete spät dran, und der Vermieter war nicht allzu erfreut.

Wir haben diese lange E-Mail bekommen, in der er uns mitgeteilt hat, dass er weit mehr als 2000 Dollar für unsere Wohnung mit zwei Schlafzimmern bekommen könnte und dass er uns einen Gefallen tut, indem er sie uns in dieser Gegend so günstig vermietet.

Und dass er, wenn wir wieder zu spät zahlen, nach Ablauf unseres Mietvertrages neue Mieter suchen wird.

Lila wurde wütend und wollte ihm etwas Gemeines zurückschreiben, wenn ich sie nicht aufgehalten hätte.

Die Sache ist die, dass der Vermieter recht hat.

Obwohl die Miete astronomisch ist, ist sie für West Hollywood günstig.

Sie sollte mindestens 2500 Dollar kosten, und er würde sie an einem Tag vermietet haben, wenn er sie für 2300 Dollar anbieten würde.

Ich werde selbst zur Bank gehen. Ich habe Zeit.

## 4

## CHLOE

Nachdem ich Lilas Geld auf mein Bankkonto
eingezahlt habe, fahre ich zu meinem Meeting.
Ich habe eine Stunde Zeit, um nach Studio City
zu kommen, was auch bei viel Verkehr genug
Zeit sein sollte (es herrsch fast immer viel
Verkehr).

Ich fahre meinen roten Dodge Neon 2010 mit
einer delligen Fahrertür und rechne mir das
Geld, das ich derzeit auf meinem Konto
habe, aus.

Mit dem Geld von Lila habe ich gerade genug,
um die Miete für den Monat zu bezahlen.

Außerdem habe ich noch 200 Dollar und Wechselgeld, um Lebensmittel und alles andere zu bezahlen. Ich seufze tief.

Okay, es ist gerade genug da. Solange der Vermieter bis morgen wartet, um den Scheck, den ich heute ausgestellt habe, einzuzahlen.

Normalerweise wartet er etwa ein oder zwei Wochen, was meine Buchhaltung noch mehr durcheinander bringt.

Ich denke dann, das Geld ist weg, obwohl es das nicht ist, und ich gebe viel Geld aus und kaufe Zeug bei Whole Foods.

"Okay", sage ich mir laut. "Genug mit dem Geld. Du hast eine sehr wichtige Besprechung vor dir. Konzentriere dich darauf."

Ich drehe das Radio auf und versuche, in eine fröhlichere und positivere Stimmung zu kommen.

Ich freue mich darauf und mein Ausdruck von Begeisterung muss das widerspiegeln.

Wenn ich eines über Los Angeles gelernt habe, dann, dass es wichtig ist, immer fröhlich zu sein.

Es ist fast so, als ob schlechte Tage hier nicht erlaubt wären.

Zumindest nicht in der Unterhaltungsindustrie.

Als ich hierher gezogen bin, dachte ich, dass alle nur so tun, aber dann wurde mir klar, dass es so etwas wie eine Selbstverwirklichungssache ist. Wenn man glückliche Gedanken denkt und positive Schwingungen ausstrahlt, kommen diese Dinge zu einem zurück.

Lila ist ein Naturtalent darin.

Ich hingegen muss mich etwas mehr anstrengen.

Es ist schwer, immer optimistisch zu sein.

Vor allem, wenn man die meiste Zeit pleite ist und keine Ahnung hat, wie man sein Studiendarlehen bezahlen soll.

Obwohl es vor dem Bürogebäude einen großen Parkplatz gibt, parke ich draußen auf der Straße. Ich bin mir nicht sicher, ob man bei ihnen ein Parkticket ziehen muss und ich will keine 5 Dollar verschwenden. Ich prüfe mein Make-up im Rückspiegel und gehe selbstbewusst auf den Eingang zu.

Der Sicherheitsbeamte vorne sagt mir, ich solle in den fünften Stock gehen, und dort gibt es Schilder für Vorsprechen.

Die Produzenten veranstalten heute Vorsprechen, und sie quetschen mich dazwischen. Als ich aus dem Aufzug aussteige, werde ich von einer Reihe von Frauen begrüßt, die an der Wand eines schmalen Ganges stehen und darauf warten, dass sie an die Reihe kommen.

Die meisten entsprechen dem unmöglichen LA-Look: über 1,70 m groß, weniger als 60 Kilogramm, lange Haare, noch längere Beine und große Brüste.

Alle drehen sich um und schauen mich abschätzig an, als ich an ihnen vorbei gehe. Ich gehe direkt nach vorne. Die meisten beschränken ihre Verachtung darauf, mir schmutzige Blicke zu zuwerfen, weil ich es wage, mich nicht hinten anzustellen, aber eine sagt sogar: "Die Schlange fängt dort hinten an."

"Ich bin nicht für ein Vorsprechen hier", sage ich laut, um die Gemüter zu beruhigen.

Ich spüre, dass der ganze Flur einen Seufzer der Erleichterung ausstößt – eine Person weniger, mit der man konkurrieren muss.

Als ob ich wirklich eine Konkurrenz sein könnte, kichere ich vor mich hin.

Am Ende des Flurs sitzt eine kleine Frau mit einer dick umrandeten Brille und kurzen schwarzen Haaren an einem Tisch.

Sie schaut von ihrem Klemmbrett auf.

"Sie müssen in der Schlange warten, Miss", sagt sie.

"Ich spreche eigentlich nicht vor. Mein Name ist Chloe Nichols und Tim erwartet mich", sage ich so selbstbewusst wie möglich.

Tim ist der Produzent, der auf meine E-Mail geantwortet hat.

Im Moment kann ich mich nicht an seinen Nachnamen erinnern.

Scheiße.

Sie schaut auf ihr Klemmbrett.

"Ach ja, da sind Sie ja. Sie sind pünktlich, aber wir können das Vorsprechen nicht unterbrechen. Ich lasse Sie rein, sobald das Mädchen rauskommt."

Ich nicke und warte.

An ihrem Gesichtsausdruck kann ich erkennen, dass das Mädchen, vor das ich mich gestellt habe, nicht glücklich damit ist.

Sie kann ihre Unzufriedenheit anscheinend nicht verbergen.

"Es tut mir wirklich leid", sage ich. "Aber ich hatte diesen Termin vor einer Woche vereinbart."

Im Handumdrehen verschwindet ihr genervter Gesichtsausdruck und sie schenkt mir ein Lächeln. Ich bin mir nicht sicher, ob es echt ist, aber ich fühle mich dadurch besser.

"Kein Problem", sagt sie.

Erdoes! Aha! Der Name des Produzenten ist Tim Erdoes! Plötzlich erinnere ich mich.

. . .

Ein Mädchen kommt aus dem Raum und die Empfangsdame führt mich hinein.

"Das ist Chloe Nichols. Sie hat einen Termin mit Ihnen, Tim."

Ich betrete einen winzigen, fensterlosen Raum mit einem langen Tisch am Ende.

An dem Tisch sitzen vier Personen, die in Fotos und Notizen begraben sind.

Der kleine pummelige Typ in einem fleckigen T-Shirt schaut von seinem Klemmbrett auf.

"Ja, Chloe! Kommen Sie rein, kommen Sie rein."

"Das ist die Kostümbildnerin, die mich vor kurzem kontaktiert hat", sagt er den Leuten im Raum. "Chloe, das sind Martha, Richard und Barbara."

"Schön, Sie kennenzulernen", sagen alle, während ich ihnen die Hand gebe.

"Um die Wahrheit zu sagen, habe ich nicht wirklich über die Kostüme nachgedacht. Und ich bin froh, dass Sie mich kontaktiert haben."

Ich lächle.

Sein herzliches Auftreten und die freundlichen Gesichter aller Beteiligten beruhigen mich.

Mein Adrenalinspiegel ist immer noch hoch, aber meine Atmung wird etwas ruhiger. Du schaffst das, sage ich mir.

"Ich habe an einer Reihe von kleinen Filmen gearbeitet", lüge ich.

Ich habe eigentlich nur an einem gearbeitet und das war nur ein Kurzfilm.

Ich war nicht die verantwortliche Kostümbildnerin, sondern nur eine Praktikantin.

Nachdem ich monatelang von niemandem mehr etwas gehört hatte, obwohl ich, ja, sogar kostenlos gearbeitet hätte, bestand meine Schwester darauf, dass ich einige Stellen in meinem Lebenslauf erfinde ("übertreiben" war ihr Wort), um meinen ersten richtigen Job zu bekommen.

"Ich habe Erfahrung im Styling von Schauspielern. Ich glaube, Sie haben mein Portfolio bei Instagram gesehen."

Lila ist auch für mein Instagram-Feed verantwortlich.

Sie trug die meisten der Outfits und posierte für Fotos.

Auf einigen Fotos kann man ihr Gesicht sehen, auf anderen nicht.

Tim lächelt mich an.

"Ja, es hat uns sehr gut gefallen", sagt er und knackt mit den Knöcheln.

Es ist eine Art nervöser Tick.

Das Geräusch der knackenden Knöchel lässt mich zusammenzucken, aber ich bleibe professionell und freundlich.

Lilas Worte klingen in meinen Ohren.

"Lächle einfach weiter. Es ist schwieriger, ein lächelndes Gesicht abzulehnen."

Ich überreiche ihnen ein Portfolio der besten Fotos aus meinem Instagram-Feed.

Ich warte einen Moment, während Tim die Fotos weitergibt.

Sobald ich das Gefühl habe, dass seine Aufmerksamkeit wieder auf mich gerichtet ist, füge ich hinzu: "Wie ich in meiner E-Mail erwähnt habe, arbeite ich zu einem sehr erschwinglichen Preis. 150 bis 200 Dollar pro Tag, plus Spesen."

"Wow, das ist erschwinglich", sagt Barbara.

"Nun, das sieht toll aus. Sie haben definitiv ein Gespür für das, was modern und zeitgemäß, aber auch einzigartig ist. Nicht wahr, Tim?", fragt Richard.

"Oh, ja, auf jeden Fall", stimmt Tim zu.

"Das hier liebe ich ganz besonders." Martha zeigt Barbara eines der Fotos.

"Nun, lassen Sie mich Ihnen ein wenig über den Film selbst erzählen", sagt Tim. "Es geht um einen berühmten Schauspieler, der auch ein Trinker ist, und um seine Reise, auf der er zu Thanksgiving nach Hause kommt und sich mit den Dämonen seiner Vergangenheit auseinandersetzt."

## 5

### CHLOE

Ich nicke und höre aktiv zu. Mein Kopf bewegt sich auf übertriebene Weise auf und ab. "Das ist faszinierend", sage ich und folge damit einem weiteren Tipp von Lila.

Der Film klingt zwar interessant, aber Lila sagte, es sei wichtig, bei der Beschreibung ihrer Arbeit übertriebene Worte zu verwenden.

"'Interessant' wird als Wort viel zu oft benutzt. Das klingt, als ob man sich langweilen würde", sagte sie.

An ihrem Gesichtsausdruck kann ich erkennen, dass ich es geschafft habe.

Das Lächeln aller Beteiligten wird breiter.

"Wir sind froh, dass Sie so denken", sagt Barbara. "Wir freuen uns wirklich sehr darüber."

"Das Budget ist allerdings recht klein", sagt Richard. "500,000 Dollar. Aber wir sind in Verhandlungen mit ein paar berühmten Schauspielern, die vielleicht kostenlos arbeiten und Geld aus dem Backend nehmen."

Das Backend bedeutet, dass sie einen Prozentsatz der Gewinne erhalten, falls der Film welche erzielen sollte.

Das ist selten der Fall, aber wenn sie wirklich mit jemand Berühmtem in Verhandlungen stehen, dann bedeutet das, dass das Drehbuch ziemlich gut ist und der Film zumindest gesehen wird.

Jetzt will ich diesen Job noch lieber.

Ich mache etwas, das ich seit der dritten Klasse gemacht habe, wann immer ich etwas wollte.

Ich verstecke eine meiner Hände leicht hinter meinem Rücken und kreuze meine Finger.

Mein persönlicher Glücksbringer.

"Wenn es Ihnen nichts ausmacht, kurz rauszugehen, Chloe, würde ich mir gerne einen Moment Zeit nehmen, um mit den anderen darüber zu sprechen", sagt Tim.

Er sitzt jetzt aufrechter.

Er hat ein Lächeln im Gesicht.

Gute Nachrichten vielleicht? Ich hoffe es!

"Oh, bevor Sie gehen, wollte ich sie fragen, wie Sie in diese Branche gekommen sind", sagt Martha. "Haben Sie an der Uni Mode studiert?"

"Nein, eigentlich nicht. Mode war schon immer eine Leidenschaft von mir, aber da ich in Pennsylvania aufgewachsen bin, wusste ich nicht wirklich, wie ich davon leben sollte. Eigentlich habe ich an der Oberlin Economics studiert. Es ist ein kleines liberales Kunst-College in ..."

"Ohio!" Richard beendet meinen Satz. "Ich weiß, ich war dort! Aber ich habe etwa zehn Jahre vor Ihnen meinen Abschluss gemacht."

"Ich habe vor vier Jahren meinen Abschluss gemacht. Ich kann nicht glauben, dass Sie dort waren. Die meisten Leute haben noch nie davon gehört", sage ich. "Besonders hier in L.A."

"Ich weiß, nicht wahr? Verpassen sie nicht etwas?"

"Absolut."

"Sie haben also Wirtschaft studiert?", fragt Richard. "Ich habe Tanz als Hauptfach studiert."

Nachdem wir ein wenig über unsere Erfahrungen am Oberlin College gesprochen haben, gehe ich nach draußen und warte auf ihre Entscheidung.

Innerhalb weniger Minuten rufen sie mich wieder hinein und bieten mir die Stelle an.

---

ICH VERLASSE das Meeting auf Wolke sieben. Ich habe meinen ersten Job als Kostümbildnerin! Ich werde tatsächlich dafür bezahlt, dass ich etwas in der Modebranche mache! Nach meinem Abschluss in Oberlin war ich verloren. Ich ging nach New York und bekam einen Job im Finanzwesen, den ich hasste. Am zweiten Tag wusste ich, dass ich ihn hasste und nie dort arbeiten wollte, aber ich habe es ein ganzes Jahr lang durchgezogen. Nachdem ich gekündigt hatte, konnte ich es mir nicht mehr leisten, in New York zu leben, und landete wieder zu Hause in Pittsburgh, Pennsylvania, bei meinen Eltern. Es war erbärmlich. Ich war deprimiert. Ich hatte keine Ahnung, was ich mit mir selbst anfangen wollte.

Meine Schwester, die zwei Jahre älter ist als ich, lebt seit dem College in LA. Sie ging an die University of Southern California und studierte Schauspiel. Es läuft eigentlich sehr gut für sie. Sie hat in einer Reihe von Independent-Filmen mitgespielt und hat eine Screen Actor's Guild-Karte und einen Agenten. Jetzt wird sie tatsächlich für ihre Arbeit bezahlt. Nicht genug, um ihren Job als Kellnerin aufzugeben, weil die Arbeit nicht konstant ist, aber ich bin sicher, dass sie es in Zukunft tun kann. Es gibt ein Sprichwort in LA: es dauert mindestens ein Jahrzehnt, bis man über Nacht erfolgreich ist. Sie ist erst seit fünf Jahren dabei.

Nun, während meines Jahres der Verzweiflung und Depression hat sie mir vorgeschlagen, sie hier zu besuchen. Als ich kam, gingen wir bei Starbucks ein paar Milchkaffees trinken (sie lud mich ein, weil ich mehr als pleite war), und sie lud mich ein zu bleiben.

"Ich bin ehrlich, mir gefällt es hier", sagte ich ihr an diesem Tag. "Es ist immer sonnig und warm, und die Kerle sind viel attraktiver als in Pennsylvania."

"Das ist wahr. Aber sie wissen es auch, was nicht so toll ist." Lila lächelte.

"Aber ich weiß nicht, ob ich hierher ziehen kann."

"Warum nicht?"

"Weil ... weil ich nicht weiß, was ich tun will. Ich habe Wirtschaftswissenschaften studiert und dachte, dass ein Job im Finanzwesen in Ordnung wäre. Aber es war schrecklich."

"Oh, komm schon, Chloe. Wir beide wissen, dass du nie von einem Job im Finanzwesen geträumt hast."

"Hat das überhaupt je jemand?", habe ich sie gefragt.

"Ich bin sicher, dass einige Leute das tun", sagte sie, nachdem sie kurz darüber nachgedacht hatte. "Aber das ist nicht wichtig. Wichtig ist, dass Wirtschaft und Finanzen immer ein Plan B waren, nicht wahr?"

"Was meinst du?", fragte ich.

"Mode. Genau das meine ich. Du liebst doch Mode, oder? Und nicht nur zum Shoppen. Du liebst es, zu arrangieren, Outfits zu stylen. Genau die richtigen Accessoires für genau den richtigen Anlass zu finden. Genau die richtige Stimmung auszudrücken."

"Okay, na und? Das ist kein Job." Ich zuckte mit den Achseln.

"Hier draußen ist es einer, du Idiot. Das nennt man Kostümbildnerin und ist sehr wichtig."

"Du meinst in Filmen?"

"Und Fernsehen. Überall", sagte Lila.

"Aber das kann ich nicht machen."

"Warum nicht? Es ist im Grunde ein Crew-Job. Man schickt einfach seinen Lebenslauf, seine

Erfahrung und sein Portfolio an alle Produktionsfirmen und sagt ihnen, dass man günstig arbeitet. Jemand wird dich einstellen."

"Einfach so?"

"Einfach so", sagte sie entschieden.

"Und was mache ich in der Zwischenzeit wegen des Geldes?"

"Kellnen. An der richtigen Stelle bekommst du wirklich gutes Trinkgeld. Das machen alle."

Selbst jetzt, auf der Rückfahrt nach Hause, kann ich mich an ihr Gesicht in diesem Moment erinnern. Entschlossen und übermütig. Irgendwie hatte sie es geschafft, alle meine Probleme bei einer Tasse Kaffee zu lösen, und sie war verdammt stolz darauf.

## 6

## CHLOE

Zwei Wochen später komme ich am Set an.

Es ist mein erstes richtiges Set.

Man zeigt mir den Garderobenwagen, der mit Kleidern gefüllt ist, die ich für alle Hauptdarsteller vorausgewählt habe.

Es ist Herbst, deshalb sind die meisten Farben warm.

Ich habe sie nach Szenen geordnet, mit den heutigen Szenen ganz vorne.

Es sind drei Personen in der Szene - der fünfundsechzigjährige Patriarch, die fünfundfünfzigjährige Matriarchin und ihr berühmter Sohn. Ich habe noch keinen der Schauspieler getroffen, aber ich habe ihre Grundgrößen und -maße.

Ich habe auch Kleider in ein paar kleineren und größeren Größen ausgesucht, nur für den Fall, dass die Kleidung, die ich hier habe, nicht so gut passt.

Ich glaube, ich habe zu viel gekauft – ich habe mich auf diesen Tag vorbereitet, seit ich den Job habe – aber ich möchte, dass alles perfekt läuft.

Wir drehen die erste Szene in einem echten Haus in Nord-Hollywood.

Es ist ein kleiner Bungalow, der im französischen Landhausstil eingerichtet ist. Ich bin froh, dass ich etwa eine Stunde früher als geplant hier war, denn ich habe die Stunde genutzt, um mich vorzubereiten und meine Gedanken zu sammeln.

Ich kann meine Aufregung kaum noch zügeln, und meine Gedanken rasen.

Sobald alle Kleider und Accessoires genau in der Reihenfolge sind, wie ich sie haben möchte, gehe ich nach draußen und gehe zu dem Tisch mit dem Essen für die Crew.

Es ist Zeit, einige Leute kennenzulernen, sage ich mir.

Der Tisch ist gefüllt mit Bagels, Donuts, Keksen, einer Vielzahl von frischem Obst und Gemüse, einschließlich Bananen, Erdbeeren, in Scheiben geschnittenen Orangen und Grapefruits sowie Speck, Rührei und Aufschnitt in Scheiben.

"Das sieht köstlich aus", sage ich zu der Frau neben mir.

"Oh, Chloe, Sie sind schon da!", sagt sie und dreht sich um. Plötzlich wird mir klar, dass es Barbara von dem Meeting ist.

"Entschuldige, ich habe Sie nicht erkannt, Barbara." Ich lächle, und wir umarmen uns. Barbara ist eine große Frau Anfang dreißig. Sie hat ein wunderschönes Gesicht und eine schöne Ausstrahlung. Ihr Lächeln ist ansteckend.

"Haben Sie sich gut eingelebt?", fragt sie. Ich nicke.

"Ja, alles ist großartig. Ich habe alle Outfits vorbereitet. Ich brauche nur noch die Schauspieler."

"Perfekt. Nun, sie sollten bald eintreffen."

Barbara entschuldigt sich und verschwindet in einem Meer von Menschen, die am Set herumschwirren.

Ich gieße mir ein Glas Orangensaft ein.

Ich sehne mich immer nach etwas Süßem, wenn ich nervös bin.

Orangensaft ist doch wenigstens halbwegs gesund, oder?

Ich dachte, dass dieser Tisch ein guter Ort wäre, um Freunde zu finden, aber alle sehen gehetzt und beschäftigt aus. Ich beschließe, zurück in den Garderobenbereich zu gehen und zu warten, bis jemand zu mir kommt.

Plötzlich piepst mein Handy. Ich ziehe es aus meiner Tasche, während ich gehe.

*Viel Glück an deinem ersten Tag!*, schreibt Lila.

Ich lächle.

Sie kann ziemlich egozentrisch sein, aber sie kann auch supersüß sein.

Sie weiß, wie nervös ich wegen heute gewesen bin.

Seit ich den Job habe, habe ich mir Sorgen gemacht, und sie war es, die meine Ängste weitgehend beseitigt hat.

Sie war es, die mir das Gefühl gab, dass alles gut wird.

Oder zumindest versuchte sie, mir dieses Gefühl zu geben.

*Danke!*, schreibe ich zurück.

Und dann: Klatsch!

Eine Sekunde lang weiß ich nicht, was passiert ist.

Mein Handy knallt auf den Boden.

Ich bin mit Orangensaft übergossen.

"Was zum Teufel?", schreit mir ein Typ ins Gesicht. "Das ist ein Set. Du kannst nicht einfach rumlaufen, SMS schreiben und Orangensaft mit dir rumtragen und nicht schauen, wo du hinläufst."

"Es tut mir so leid", entschuldige ich mich. Allerdings habe ich meine Zweifel, dass es wirklich meine Schuld ist.

Mein weißes Tank-Top und meine enge Jeans sind völlig nass.

Ich schaue zu dem Typen.

Er trägt ein weißes Button-Down-Hemd und eine sehr schöne graue Hose.

Beides ist mit Orangensaft getränkt.

"Das solltest es auch. Ich laufe einfach hier herum und dann passiert das!"

Und dann werde ich plötzlich wütend. "Hey, ich habe dir schon gesagt, dass es mir leid tut, okay? Und das meine ich auch so."

"Wie auch immer." Er schüttelt den Kopf und geht weg.

"Oh mein Gott." Ein Mädchen, das aussieht, als wäre es auf dem College, läuft auf mich zu. "Weißt du nicht, wer das ist?"

Ich tupfe mein Tank-Top und meine Jeans mit Servietten ab, alles vergeblich. Orangensaft hinterlässt Flecken, schlimme Flecken. Ich brauche etwas Club Soda oder Backpulver oder so etwas, aber ich weiß nicht, ob ich hier etwas davon bekommen kann.

"Was?", frage ich.

"Der Typ, den du mit Orangensaft bekleckert hast?"

"Was ist mit ihm?", frage ich, ohne aufzuschauen.

"Das ist Finn Dalton. Ich kann nicht glauben, dass Finn Dalton hier ist! Was hat er zu dir gesagt?"

Ich starre sie an, als ob sie den Verstand verloren hätte.

"Ich habe ihn angeschrien", sage ich nach einem Moment.

Sie geht von mir weg, bis ins Innerste erschüttert.

Ich schüttle nur den Kopf.

Nein, sie irrt sich.

Das war nicht Finn Dalton.

Das kann nicht sein.

Tim sagte, er würde jemanden für die Hauptrolle bekommen, der berühmt ist, aber nicht berühmt im Sinne von Finn Dalton. Warum zum Teufel sollte er so einen kleinen Film drehen?

Das Drehbuch ist natürlich großartig, aber das Budget beträgt etwa eine halbe Million.

Wenn das Okay Magazine recht hat, steigt Finn Dalton für weniger als 20 Millionen Dollar nicht aus dem Bett. Nein, das war nur ein Typ, der ihm ähnlich sieht.

Ich weiß nicht viel über ihn, aber eines weiß ich sicher.

Er ist ein Arschloch.

Ich nehme mein Handy und gehe zurück zum Garderobenwagen. Der Bildschirm ist kaputt – perfekt!

Der Tag fängt nicht gut an.

Ich schlage die Tür hinter mir zu und beginne, die Kleidung nach etwas zu durchsuchen, das ich heute tragen könnte.

Die Schauspieler werden jeden Augenblick hier sein, und ich muss wie ein Profi aussehen.

Mein Hinterkopf fühlt sich an, als würde jemand mit einem Hammer darauf einschlagen.

Ich atme aus und stelle fest, dass ich schon seit einiger Zeit den Atem anhalte.

Atme.

Einfach atmen, sage ich mir.

Es sind Momente wie dieser, in denen ich mir wünsche, ich hätte mir tatsächlich diese Klischee-Tätowierung mit der Aufschrift "Just Breathe" auf meinem Handgelenk machen lassen. Es ist komisch, wie oft man es tatsächlich vergisst.

Als ich an meinem ersten Drehtag am Set ankomme, bedauere ich sofort meine Entscheidung, an diesem Film zu arbeiten.

Ich habe bereits einen schlechten Tag.

Ariel rief heute Morgen in einem emotionalen Anfall an und verlangte, dass ich alles stehen und liegen lasse und nach ihrer Cartier-Diamantkette suche.

Anscheinend konnte sie sie nirgendwo finden, und es war irgendwie meine Aufgabe, sie zu suchen.

"Ich habe sie bei dir zu Hause abgelegt. Ich erinnere mich genau daran!", rief sie ins Telefon.

Ich sah mich im Schlafzimmer und im Badezimmer um. Ich sah in der Kommode und im Schrank nach. Sie war nirgendwo zu finden.

"Ich weiß nicht, was du von mir willst", sagte ich. "Ich sehe sie nicht."

"Komm schon, schau genauer hin! Sie hat über fünfzig Riesen gekostet."

"Naja, ich hoffe, du hast sie versichert. Denn sie ist nicht hier."

"Fick dich!", schrie sie.

"Vielleicht solltest du im Chateau Marmont anrufen und fragen, ob du es vielleicht dort gelassen hast", sagte ich und legte auf.

Das war nicht die Art und Weise, wie ich den Tag beginnen wollte.

So sehr ich auch versuche, sie mir aus dem Kopf zu schlagen, so sehr schäume ich doch vor Wut über die ganze Sache, als ich in Nord-Hollywood ankomme, und meine Stimmung wird nicht besser, als ich das Set sehe.

Der Bungalow ist gut genug, aber der Tisch mit dem Essen ist recht klein, und es gibt eindeutig nicht genügend Wohnwagen, um die gesamte Crew unterzubringen.

Tim führt mich zu meinem Wohnwagen.

"Nochmals vielen Dank, dass Sie sich unserer Produktion angeschlossen haben", sagt er immer wieder nervös und knackt mit den Knöcheln. Was für eine lästige Angewohnheit!

"Ja, klar. Ich liebe das Drehbuch", sage ich. Zumindest dieser Teil ist wahr.

Ich mache mir nicht die Mühe, in den Wohnwagen zu gehen, und mache mich stattdessen direkt auf den Weg zu dem Tisch mit dem Essen.

Ich brauche etwas Kaffee und vielleicht einen griechischen Joghurt in meinem Körper, um etwas Hoffnung auf einen neuen Start in den Tag zu haben.

Bumm! Platsch!

Bevor ich begreife, was los ist, ist der Orangensaft eines Mädchens überall auf meinem nagelneuen Calvin-Klein-Hemd und meiner grauen Marc-Jacobs-Hose. Perfekt. Einfach perfekt.

Ihr Handy fällt auf den Boden, und ich bin sicher, dass sie gelaufen ist und SMS geschrieben hat.

Sie fängt an, sich ausgiebig zu entschuldigen, aber das ärgert mich nur noch mehr.

Ich habe genau diese Kleidung angezogen, damit ich nicht von der Garderobe irgendwelche billigeren Kleider bekomme, die nicht so gut aussehen werden.

Ich bin angeblich ein betrunkenes Arschloch und angesichts des Erscheinungsbildes dieses Ortes bin ich mir nicht sicher, ob sie eine 1000-Dollar-Hose und ein 500-Dollar-Hemd in ihrem Budget haben.

So viel bekommt der Regisseur wahrscheinlich bezahlt.

Sobald sie verschwunden ist, überlege ich, ob ich mich in meinem Wohnwagen frisch machen soll oder ob ich mich direkt in die Garderobe begebe und mir von ihnen etwas zum Anziehen aussuchen lasse.

"Hallo? Entschuldigung? Ist das hier die Garderobe?", frage ich und klopfe an die Tür des Wohnwagens ganz am Ende.

Wessen glänzende Idee es war, die Garderobe so weit vom Rest des Sets entfernt aufzustellen, ist mir unbegreiflich, aber was soll's.

"Ja, das ist sie." Ich höre die weiche Stimme eines Mädchens, die von innen kommt. "Kommen Sie rein, kommen Sie rein."

Als ich die Tür öffne und hineingehe, sehe ich ein Mädchen, das wegschaut und sich die Augen abwischt, um die Tatsache zu verbergen, dass sie geweint hat, aber ihre Augen sind blutunterlaufen und ihr Mund ist um die Lippen herum rot.

Sicherlich Anzeichen von Tränen.

Scheiße!

Es trifft mich.

Das ist sie!

Das ist das Mädchen, das den Orangensaft über mich verschüttet hat!

"Es tut mir leid, ich kann später wiederkommen, wenn du willst", sage ich und hoffe, dass sie mich einfach gehen lässt.

"Nein, nein, es tut mir leid. Bitte kommen Sie rein."

"Ist die Person, die für die Garderobe zuständig ist, hier?", frage ich und versuche, das Thema zu wechseln. Ich tue so, als wüsste ich nicht, dass sie geweint hat, aber wir wissen beide, dass ich das nicht sehr gut mache.

Sie schaut mich direkt mit ihren stechenden haselnussbraunen Augen an.

"Ich bin die Kostümbildnerin", sagt sie und runzelt die Stirn.

Oh, Mist!

Ich mache es nur noch schlimmer und schlimmer.

Sie legt ihre Hände auf ihre Hüften.

Ihre Augen sind jetzt trocken und sie sieht nicht glücklich aus.

"Es tut mir so leid", sage ich schließlich. "Ich glaube, wir haben uns auf dem falschen Fuß erwischt."

"Ja, das glaube ich auch", sagt sie.

Keiner von uns sagt einen Moment lang etwas.

Ich mache eine Pause, um zu bewundern, wie umwerfend sie eigentlich ist.

Sie trägt einen engen schwarzen Rock und eine gerüschte Bluse mit Tupfen (nicht das, was sie vorher getragen hat), und ihr hellbraunes Haar funkelt im Sonnenlicht.

Sie sieht nicht älter als zweiundzwanzig aus, obwohl sie dreißig oder älter sein könnte.

Wir sind hier in LA, wer zum Teufel weiß das schon?

Sie ist etwa 1,60 m groß und hat ein Durchschnittsgewicht.

Nicht zu groß oder dünn, wie Ariel und die anderen Mädchen, die ich gewohnt bin.

Als sie sich die Haare hinter das Ohr schiebt, sehe ich, dass sie baumelnde Tree of Life-Ohrringe trägt.

Sie glitzern und fallen mir ins Auge und bringen mich zurück in die Realität.

"Lass uns noch einmal anfangen, okay? Hallo, mein Name ist Finn Dalton, und ich bin ein totaler Idiot, weil ich mich ohne jeden Grund so über dich aufgeregt habe." Ich reiche ihr die Hand.

Sie lächelt und ihr ganzes Gesicht leuchtet auf.

"Hi", sagt sie und nimmt meine Hand. "Mein Name ist Chloe Nichols, und ich sollte nicht laufen, SMS schreiben und offene Behälter mit Orangensaft mit mir herumtragen, weil ich ein totaler Tollpatsch bin. Und es tut mir wirklich leid, dass ich ihn über deine wunderschöne Marc-Jacobs-Hose verschüttet habe."

"Du kennst dich also doch mit Kleidung aus", sage ich.

Sie zuckt die Achseln. "Ich arbeite in der Garderobe, oder?"

"Naja, schon. Aber du wärst überrascht, was ich schon erlebt habe", sage ich.

"Das mit dem Orangensaft tut mir wirklich leid. Und jetzt tut es mir sogar noch mehr leid, weil wir nichts annähernd so Schönes für dich haben, das du als Ersatz für diese Hose tragen könntest."

"Oh, das ist okay."

"Lass sie mich in die Reinigung bringen, um es zumindest wieder gut zu machen."

"Oh, nein, das ist nicht nötig", sage ich.

"Bitte, ich möchte es aber."

"Das musst du wirklich nicht", sage ich.

Sie sieht enttäuscht aus, also gebe ich nach und lasse sie es tun.

## 8

## CHLOE

Iᴄʜ ʟÄᴄʜʟᴇ und nicke und lächle wieder und tue so, als sei alles normal.

Ich tue so, als wäre es völlig in Ordnung, hier einfach mit Finn Dalton zu stehen und zu plaudern.

Als ob er irgendein anderer Typ wäre, der mir auf der Straße begegnet ist.

Aber die Sache ist die, dass er das nicht ist. Er ist Finn Dalton! Der Finn Dalton.

Er ist der Typ, der mit achtzehn Jahren für einen Oscar nominiert wurde – ein Schauspielgenie –, der einen Querschnittsgelähmten in der neunten

Klasse spielte, der uns allen beibrachte, jeden Augenblick des Lebens in vollen Zügen zu leben.

Er ist auch der Star von *Monday Night Football*, der Show, die ihn berühmt machte.

Er spielte den schnell redenden, verdammt geschmeidigen Quarterback, der die Damen ein wenig mehr liebte als Football.

Das ist die Rolle, die ihm alle Magazin-Cover verschaffte.

Das ist die Rolle, die ihm die Hauptrolle in *To Live and To Die in the West* einbrachte, dem rekordverdächtigen Actionfilm über einen Mann, der in der Zeit zurückgeht und eine Gang gründet, die Züge ausraubt.

"Also, was soll ich anziehen?", fragt mich Finn.

Zum Glück habe ich heute Morgen alle Outfits der Schauspieler organisiert und entsprechend beschriftet.

Ich schnappe mir das erste Outfit und gebe es ihm.

Es ist ein eng anliegendes schwarzes T-Shirt und eine schmal geschnittene Jeans.

"Da hinten ist ein kleiner Raum, in dem man sich umziehen kann", sage ich und zeige auf die Rückseite des Wohnwagens.

Er nickt und schenkt mir ein Lächeln.

Der Platz im Wohnwagen ist ziemlich eng, und er kommt mir sehr nahe, als er sich an mir vorbeischiebt.

"Entschuldigung", flüstert er.

Ich atme ein wenig von seinem Atem ein.

Minze und Ingwer. Es jagt mir einen Schauer über den Rücken.

"Entschuldigung", sage ich unbeholfen und gehe aus dem Weg.

Eine Minute später taucht er hinter dem Vorhang auf.

Ohne Hemd.

Jeder Muskel seines Körpers ist gestrafft und gebräunt.

Auch wenn er sie nicht anspannt, zeigt sich ein eindeutiges Sixpack.

Ich brauche meine ganze Kraft, um nicht mit den Fingern an jeder seiner Vertiefungen entlang zu fahren.

"Habe ... ähm, habe ich dir kein T-Shirt gegeben?", frage ich und stolpere über meine Worte.

Ich schaue auf den Boden und dann wieder zu ihm hoch.

Er lächelt wieder und genießt diesen Moment.

Ich wette, das ist seine Erfahrung mit Hunderten, wenn nicht gar Tausenden von Mädchen jeden Monat, und seinem Gesichtsausdruck nach zu urteilen, ist er es noch nicht leid.

"Doch, das hast du", sagt er und hält das Shirt hoch.

Finn neigt seinen Kopf ein wenig nach unten, und als meine Augen seine treffen, fallen ihm ein paar lose Haarsträhnen ins Gesicht.

Verdammt!

Er ist heiß.

"Ich habe mich nur gefragt, was du von der Jeans hältst."

Er dreht sich um und lässt mich seinen Hintern begutachten.

Die Jeans ist nicht gerade ein Designerstück, aber die Passform ist großartig.

Genau richtig.

Sie drückt seine Oberschenkel perfekt zusammen und betont seinen festen und prallen Hintern.

"Sie ist ... perfekt", sage ich und lecke mir die Lippen.

"Hast du dir gerade die Lippen geleckt?", fragt er.

"Was? Nein, natürlich nicht!", sage ich ein bisschen zu schnell.

Er lächelt wieder, seine Zähne sind so weiß, dass sie mich fast blenden.

"Okay", sagt er und zieht sich das Shirt über den Kopf.

Wieder einmal eine perfekte Passform.

Es ist ein wenig eng, aber es sieht gut aus.

Seine Rolle ist ein Trottel, aber nicht in jederlei Hinsicht ein Versager.

Das Shirt, das sich an seine Brustmuskeln und seinen Waschbrettbauch schmiegt, lässt ihn nicht völlig glatt aussehen.

Nur ein bisschen.

Aber auf eine gute Art und Weise, wenn das Sinn macht.

Oh, nein, das ist alles zu viel für mich. Ich fange an, mich kraftlos zu fühlen.

"Geht es dir gut?" Finn kommt zu mir herüber.

Seine Hand legt sich auf meine Schulter.

Finn Dalton berührt mich tatsächlich!

Ich bin nicht wirklich ein Fangirl; ich falle nie in Ohnmacht bei Prominenten.

Es ist Lila, die ihren Kopf immer in allen Promi-Magazinen vergraben hat.

Aber etwas an ihm hier, wie er meine Schulter berührt, macht mich noch schwächer.

"Mir ist nur ein bisschen schlecht", flüstere ich. "Ich brauche etwas frische Luft."

Finn hilft mir nach draußen.

Am Set schwirren alle wild herum und zum Glück bemerkt mich niemand.

Falls jemand fragt, denke einfach daran, dass du dich krank fühlst.

Aber sag nicht die Wahrheit.

Alles, nur nicht die Wahrheit.

Ich meine, wo bin ich? In der Unterstufe?

Oder im neunzehnten Jahrhundert?

Werde ich wirklich ohnmächtig, weil ein Typ meine Schulter berührt hat?

Aber andererseits ist er nicht irgendein Kerl.

Er ist der Tom Cruise, Brad Pitt und Paul McCartney unserer Generation in einem.

Finns Hand bleibt die ganze Zeit auf meinem Rücken, während ich mich mit dem Kopf zwischen den Oberschenkeln krümme.

Als ich mich endlich etwas besser fühle, hebe ich den Kopf und schaue zu ihm auf.

Sein Gesicht wirkt besorgt und verunsichert.

"Mir geht es gut, wirklich", beteuere ich.

"Was ist passiert?"

"Ich bin mir nicht sicher. Ich habe heute Morgen nicht wirklich etwas gegessen, und es war ein bisschen stressig hier."

Finn lächelt wieder.

Ist das seine Standard-Antwort?

Ein schönes Lächeln, das mich überwältigt?

Ich versuche, das Thema zu wechseln.

"Und, wie findest du dein Outfit? Wie fühlst du dich darin? Fühlt es sich richtig an?"

Er blickt auf seinen Bauch hinunter und tastet seine Oberschenkel mit den Fingerspitzen ab.

"Ja, ich glaube schon." Er nickt.

"Und was Schuhe und Accessoires angeht, habe ich eigentlich gedacht, dass diese Kenneth Coles, die du trägst, ziemlich gut sind. Sie wären perfekt für diese Szene, wenn das für dich in Ordnung ist."

"Großartig."

"Gut." Wir schweigen einen Moment lang, während er mir in die Augen schaut.

Es fühlt sich an, als ob er nach etwas in mir suchen würde.

Sein Blick ist entwaffnend.

Und liebevoll.

Und herzzerreißend.

"Und die Accessoires?", fragt er und bringt mich zurück in die Realität.

"Ach ja, die Accessoires. Naja, ich dachte an ein Armband. Ich meine, etwas aus Leder. Etwas, das ein bisschen Punkrock ist. Gewagt."

Er folgt mir zurück in den Wohnwagen, und ich zeige ihm, was ich meine.

Er probiert es an und es gefällt ihm.

"Na, perfekt", sage ich, als es sonst nichts mehr zu sagen gibt. "Das war's dann wohl."

"Dann werde ich das mit dem Regisseur besprechen", sagt er langsam, als ob er so ungern gehen würde, wie ich ihn nicht gehen lassen will.

Aber das kann doch nicht sein, oder?

"Sehen wir uns am Set?", fragt er.

"Ja, natürlich. Ich werde da sein", nicke ich.

## 9

## FINN

Die erste Szene verläuft erwartungsgemäß gut.

Alle haben ihren Text vorbereitet, und die Regisseurin Martha ist vorbereitet und organisiert.

Es gibt nichts, was ich mehr hasse als einen unorganisierten Regisseur ohne einen guten Plan.

Sie alle haben einen, aber einige haben einfach keine Ahnung, was sie wollen oder was sie suchen.

Also verschwenden sie eine Menge Zeit damit, es herauszufinden, während alle Schauspieler herumstehen und warten.

Nicht Martha.

Obwohl sie noch sehr jung ist (sie kann nicht älter als dreißig sein) und dies ihr erster richtiger Film ist, ist sie professioneller als einige erfolgreiche Fünfzigjährige, mit denen ich gearbeitet habe.

Ich werde keine Namen nennen, aber ich habe mit einigen großen Regisseuren gearbeitet, und ich kann gar nicht sagen, wie viele von ihnen völlig beschissen sind.

Martha ist die einzige weibliche Regisseurin, mit der ich je gearbeitet habe.

Wow.

Aber es gibt so wenige von ihnen.

Ich habe einen Artikel gelesen, in dem stand, dass weniger als 4 % der Regisseure Frauen sind.

Martha hat in dieser Branche wirklich viel zu tun.

Schon nach einer Szene kann ich erkennen, dass sie es weit bringen wird.

Sie ist höflich, professionell und zielorientiert.

Trotz alledem ist sie offen für den Input der Schauspieler.

Ich kann gar nicht sagen, wie selten das ist.

Nach der Mittagspause mache ich mich auf den Weg zum Buffet, um Chloe zu finden.

Irgendetwas an ihr zieht mich in den Bann.

Ich weiß nicht, was es ist, aber ich will es herausfinden.

Sie hat dieses lässige, lockere Auftreten.

Und natürlich ist sie ziemlich gut aussehend.

Nicht in der üblichen Model-Art, aber das ist auch gut so.

Wäre sie eine Schauspielerin, wäre sie eine Anwärterin für die Figur des "Mädchens von nebenan".

Auf diese völlig spontane Art und Weise umwerfend.

Ich kann nicht umhin, zu lächeln, als ich daran denke, wie unbehaglich sie aussah, als ich vorhin ohne mein Shirt herauskam.

Ich habe das mit Absicht gemacht.

Ich arbeite hart an diesem Körper.

Ich würde lügen, wenn ich sagen würde, dass es nicht schön ist, wenn jemand ihn bewundert – jemand, den ich mag.

Moment.

Ist es das, was hier vor sich geht?

Mag ich Chloe wirklich?

Also, richtig mögen?

Nein, ich schüttle den Kopf.

Das ist keine gute Idee.

Ich bin immer noch sauer wegen der Sache mit Ariel.

Ich brauche jetzt nicht jemanden, den ich mag, sondern jemanden zum Ficken.

Der beste Weg, über jemanden hinwegzukommen, ist, unter jemand anderem zu kommen, oder?

Mein Handy klingelt.

Als ich den Namen sehe, überlege ich, nicht ranzugehen.

"Ja?", antworte ich.

"Finn! Ich bin froh, dass ich dich erwischt habe."

Die fröhliche Stimme am anderen Ende gehört Stefania.

Ich bin sicher, dass es einmal Stephanie war, aber jetzt, wo sie eine große PR-Managerin ist, ist es Stefania.

"Ich gehe davon aus, dass du nicht mehr mit Ariel am Wochenende zum Gouverneursball gehen wirst", sagt Stefania.

Ach, Scheiße.

Das hatte ich völlig vergessen.

"Nein."

" Hast du schon mal an jemand anderen gedacht, den du vielleicht mitnehmen möchtest?"

"Nein."

"Kein Problem. Überhaupt kein Problem."
Stefania wiederholt immer dann Sätze, wenn
etwas eindeutig ein Problem ist.

"Ich dachte, ich würde einfach allein gehen."

Am anderen Ende entsteht eine Pause.

"Ähm, ich bin mir nicht so sicher, ob das eine
gute Idee ist."

"Warum?"

"Es ist eine Wohltätigkeitsveranstaltung."

Ich weiß nicht, was es mit Wohltätigkeitsver-
anstaltungen auf sich hat, dass man für sie ein
Date braucht, aber das scheint Standard bei
diesen Events zu sein.

"Okay, gut, ich werde jemanden finden", sage ich.

Ich kann wahrscheinlich mein Handy
durchsehen und einen nächtlichen Booty-Call
machen, um eine zu finden, die ein richtiges
Date mit mir haben möchte.

Aber die Stille am anderen Ende sagt mir, dass es
keine gute Idee ist.

"Ähmmmm", sagt Stefania und dehnt den zweiten Teil des einsilbigen Wortes aus.

"Was?", frage ich. Rede nicht um den heißen Brei herum.

Sag es einfach.

Meine Mittagspause wird nicht länger, und ich möchte so viel davon mit Chloe verbringen, wie ich kann. Verdammt noch mal. Habe ich das gerade wirklich gedacht?

"Finn, der Gouverneursball ist keine Preisverleihung, und es ist keine typische Hollywood-Veranstaltung. Es werden viele Politiker und ihre Ehefrauen anwesend sein."

"Und ihre Freundinnen", scherze ich.

Sie ignoriert mich.

"Der Gouverneur stellt dich vor und ehrt dich dafür, dass du so viel Geld für Leukämie gesammelt hast. Du wirst am Haupttisch sitzen. Es ist sehr wichtig, dass du ein angemessenes Date hast."

Das "angemessene Date" ist ein Euphemismus für "sie kann kein Flittchen sein".

"Okay, ich werde jemanden finden", nuschle ich.

Obwohl ich ernsthafte Zweifel an meiner Fähigkeit habe, tatsächlich jemanden für die Veranstaltung zu finden, der diesen Kriterien entspricht.

"Eigentlich hatte ich eine Idee. Was hältst du davon, es einem Profi zu überlassen?"

"Es gibt jemanden, der darauf spezialisiert ist, Dates für Veranstaltungen zu finden? Wie ein Zuhälter?", frage ich.

"Nein. Eine Partnervermittlerin. Sie ist sehr gut. Eine Reihe meiner Kunden haben sie um Hilfe gebeten und Liebe gefunden."

"Nein, nein, nein. Ich bin nicht auf der Suche nach Liebe."

"Ich verstehe. Und ich werde ihr das sagen. In diesem Fall ist es also noch einfacher. Sie wird ein Mädchen finden, mit dem du Spaß haben wirst und das ein hervorragendes Date für diese Veranstaltung sein wird."

Ich denke kurz darüber nach.

Das Letzte, was ich diese Woche tun möchte, ist mir Sorgen darüber zu machen, ein passendes Date für den Gouverneursball am Samstagabend zu finden.

Und anscheinend kann ich nicht allein hingehen.

Äh, warum nicht?

Andere waschen meine Wäsche und mein Agent bucht mir Vorsprechen und Jobs.

Stefania macht meine PR.

Tausend andere Leute tun eine Reihe anderer Dinge für mich.

Warum nicht auch noch die Suche nach einem langweiligen Date auslagern?

"Okay, gut", sage ich schließlich. "Je weniger Aufsehen ich bei dieser Veranstaltung errege, desto besser."

"Perfekt. Ich sage Dolly Bescheid."

"Dolly?", frage ich.

"Dolly Monroe, die Partnervermittlungs-Milliardärin", sagt Stefania.

"Das ist ihr Name?", frage ich.

"Ich weiß, es ist ein bisschen exzentrisch."

"Um es vorsichtig auszudrücken."

Ich lege auf.

Partnervermittlungs-Milliardärin.

Im Ernst?

So verdient sie ernsthaft Geld?

Diese Stadt ist verrückt.

Eines ist sicher.

Sie wird mich lieben.

Ich habe 20 Millionen Dollar nur mit meinem letzten großen Film verdient.

Es sind noch fast 45 Minuten meiner Mittagspause übrig, aber ich kann Chloe nirgendwo finden. Sie muss wieder in ihrem Wohnwagen sein.

Ich mache mich auf den Rückweg und sehe, dass sie mit ein paar Schauspielern beschäftigt ist.

Sie hat den Spiegel und einen der Stühle nach draußen gestellt, um etwas mehr Raum zu schaffen.

Die Schauspielerin trägt ein langes, blutrotes Kleid, das in kleinen Wellen ihren Körper hinunterfließt, während sie sich vor dem Spiegel dreht, aber es ist Chloe, die ich nicht aus den Augen lassen kann.

Die Art und Weise, wie sie eine ihrer Hände über ihren Mund legt, während sie sich von der Schauspielerin entfernt und den Look betrachtet.

Die Art und Weise, wie ihr Haar im Sonnenlicht glitzert und in ihr Gesicht fällt.

Die Art und Weise, wie sie es zu einem losen Pferdeschwanz zusammengebunden hat, aber ein paar widerspenstige Strähnen sich weigern, dort zu bleiben.

Iᴄʜ sᴇʜᴇ Fɪɴɴ, wie er uns beobachtet.

Eigentlich nicht uns. Tara.

Sie ist diejenige in dem prächtigen Kleid.

Sie ist diejenige mit dem makellosen Make-up und der makellosen Bronzehaut.

Sie ist diejenige, die mit ihren acht Zentimeter hohen Absätzen zwei Meter groß ist.

Selbst wie sie hier backstage steht, umgeben von Wohnwagen, sieht sie aus wie eine Art Kreuzung zwischen einer Prinzessin und einer Göttin.

Ich schaue zurück zu Finn.

Er zwinkert uns zu, aber Tara bemerkt es nicht.

Ich weiß nicht, ob ich zurückzwinkern soll.

Das Zwinkern ist nicht wirklich für mich bestimmt, aber Finn ist hartnäckig.

Diesmal nickt er.

Ich nicke leicht zurück.

Er lächelt. Sicher aus reiner Höflichkeit.

Ich beobachte ihn, wie er sich anmutig um den Tisch herum bewegt.

Ein Stück Wassermelone. Eine Orange. Ein Apfel.

Ein paar Pommes Frites und ein grüner Smoothie.

Er lehnt sich an seinen Wohnwagen, stützt sich mit einem Bein ab und isst ein Stück Wassermelone. Der Saft läuft ihm über die Lippen und das Kinn.

Er wischt sich den Mund mit dem Handrücken ab. Seine perfekten Mandelaugen sind mit unglaublich langen Wimpern geschmückt – die

Art von Wimpern, für die Frauen viel Geld bezahlen.

Sie lassen ihn unschuldig und leicht feminin aussehen, aber auf eine völlig sexy männliche Art und Weise. Mit anderen Worten, sie lassen mich (und viele andere Frauen) in Ohnmacht fallen.

Finn schaut uns weiterhin zu, was es mir fast unmöglich macht, mich zu konzentrieren.

Als Tara hineingeht, um ein anderes Outfit anzuprobieren, gehe ich zu ihm.

"Hey", sagt er und lächelt mich mit seinen Augen an. Hmm, wie soll ich das erklären?

"Hey, ich will nicht unhöflich sein, aber es fällt mir ein wenig schwer, mich zu konzentrieren, wenn du Tara so anstarrst. Sie hat es auch bemerkt."

Der letzte Teil ist eine totale Lüge.

Wenn Tara wüsste, dass Finn Dalton sie abcheckt, würde sie wahrscheinlich in Ohnmacht fallen.

Zumindest wäre sie nicht in der Lage, weiter Kleider anzuprobieren und über sie zu quatschen.

"Ich habe Tara nicht angestarrt", sagt er, nimmt einen Bissen von dem Apfel und kaut mit offenem Mund.

"Was?"

"Ich habe nicht Tara angestarrt", sagt Finn. Er schluckt und lässt seine Augen auf mich gerichtet.

"Doch, das hast du!", sage ich. "Ich habe dich gesehen!"

Jetzt rege ich mich auf.

Es ist eine Sache, zu starren und zu zwinkern, und eine ganz andere, es zu leugnen.

"Nein, du hast gesehen, wie ich gestarrt habe. Ich habe gestarrt. Das leugne ich nicht." Finn ist so großspurig, dass ich ihn am liebsten schlagen würde, wenn er jemand anders wäre. Aber das ist er nicht.

"Ich verstehe nicht."

"Ich habe nicht Tara angestarrt. Ist das ihr Name?"

"Also, wen hast du angestarrt?"

"Dich."

Das Wort hängt einfach zwischen uns, als ob es an einer Schnur hängen würde. Als wäre es eine dieser Cartoon-Blasen in einem Comic.

"Du hast mich angestarrt? Warum?", frage ich schließlich.

"Weil ich es wollte. Du bist sehr hübsch." Finn nimmt noch einen Bissen von seinem Apfel. Als seine Augen zu meinem Gesicht zurückkehren, schaue ich auf den Boden. Eine Sekunde lang weiß ich nicht, was ich sagen soll.

"Nun, das ist ablenkend", sage ich, als ich meine Gedanken genug gesammelt habe, um einen echten Satz herauszubringen.

"Ich weiß", sagt er. Seine Augen funkeln im Sonnenlicht.

"Nein. Du. Du lenkst mich ab."

"Jetzt weißt du, wie ich mich fühle."

"Aah", sage ich laut und gehe weg.

Ich habe keine andere Wahl.

Passiert das wirklich?

Es kommt nicht oft vor, dass mir die Worte fehlen, aber in der Nähe von Finn bin ich tatsächlich mal sprachlos.

Ich kehre in meinen Wohnwagen zurück.

Tara steht bereits vor dem Spiegel und bewundert sich selbst in einem wunderschönen lilafarbenen Monique-Lhuillier-Hochzeitskleid.

Das Kleid habe ich für die Hochzeitsszene ausgesucht.

Es ist umwerfend. Ich versuche, mich auf meine Arbeit zu konzentrieren, aber ich fühle, wie *er* mich anstarrt. Finn. Es ist, als würde er mit seinem Blick ein Loch in meinen Hinterkopf brennen.

Während ich mich um das Kleid herum bewege und so tue, als wäre ich völlig in meine Arbeit vertieft, schaue ich zu ihm hinüber.

Genau wie ich dachte.

Er schält seine Orange, lässt die Schalen auf den Boden fallen, sitzt jetzt auf dem Boden und starrt mich an.

Keine Entschuldigung.

Kein gar nichts.

Moment, hat er wirklich gesagt, dass ich ihn ablenke?

Dieser Gedanke lässt mir Schauer über den Rücken laufen.

---

Ich beobachte Finn den Rest des Tages.

Er sagt seinen Text so lässig und mühelos.

Es ist, als kämen sie tatsächlich aus seinem Mund.

Es ist, als ob er sie ernst meinen würde. Ich weiß, dass er Schauspieler ist –und nicht nur ein Schauspieler, ein mit einem Oscar als bester Nebendarsteller ausgezeichneter Schauspieler – aber trotzdem. Die anderen Schauspieler sind auch ziemlich gut.

Natürlich.

Aber er hypnotisiert mich.

Ich habe Schauspieler und Schauspielerinnen über den Prozess sprechen hören und wie wichtig es ist, jemanden zu haben, der gibt und nimmt und gut mit anderen zusammenarbeitet.

Finn scheint das zu verkörpern.

Auch wenn er im wirklichen Leben wie dieser arrogante, überhebliche, selbstverliebte Filmstar wirkt, ist er in der Szene nichts anderes als großzügig und freundlich.

Sein Auftreten und sein lässiges Lächeln beruhigen jeden. Nachdem die Nachmittagsszene abgeschlossen ist, höre ich, wie Martha, die Regisseurin, ihn beiseite nimmt und ihn für seine Großzügigkeit bei der Arbeit mit neueren und weniger erfahrenen Schauspielern lobt.

"Hey, ich weiß, wie schwer es sein kann. Ich war auch einmal so", sagt er nonchalant.

Heute ist ein kurzer Tag. Um fünf Uhr nachmittags habe ich frei.

Auch wenn ich noch etwas herumhängen und vielleicht noch einmal mit Finn sprechen möchte, zwinge ich mich, zu meinem Auto zu gehen.

Es kann nichts Gutes dabei herauskommen, mit diesem Typen zu flirten.

Weißt du nicht, wer seine Freundin ist? Ariel Chantal. Nein, ich kann nicht mit ihr konkurrieren. Nicht in diesem Leben.

Ich fahre wie betäubt nach Hause.

Es fällt mir immer noch schwer zu glauben, dass ich gerade meinen ersten Tag in meinem ersten Job als Kostümbildnerin hatte. Tatsächlich werde ich dafür bezahlt und verdiene damit meinen Lebensunterhalt.

Dafür!

Kleider und Accessoires für Szenen auszusuchen.

Viele Leute denken, dass Kleidung oberflächlich ist.

Ich bin die Erste, die zugibt, dass ich mich in meinem Alltag auch nicht so stilvoll kleide. Aber seit ich in der neunten Klasse an einer Produktion von "Romeo und Julia" gearbeitet habe, glaube ich, dass im Theater (und im Film) Kleidung alles ist.

Sie sind die perfekte Ergänzung zu den Schauspielern.

Sie schaffen Szenen und schaffen Stimmung.

Das richtige Outfit kann jede Szene ausmachen oder zerstören. Jedes Stück und jeder Film hat viele bewegliche Teile, und die Garderobe ist genauso wichtig wie alles andere.

Und jetzt kann ich damit meinen Lebensunterhalt verdienen.

Wirklich?

Die Neuntklässlerin, die noch immer tief in mir lebt, kann es kaum glauben.

Kreiiiiiiisch!

Bumm!

Ich habe mir den Kopf an etwas Hartem gestoßen. Meine Ohren summen. Die Welt wird für einen Moment schwarz, dann wird sie wieder scharf.

Ich schaue mich um.

Ich weiß nicht, was gerade passiert ist.

Langsam wird mir klar, dass ich gerade einen Autounfall hatte.

Aus der Motorhaube meines Autos steigt Rauch auf. Ich bin gerade gegen die Fahrerseite des vor mir stehenden Autos gefahren.

Mein Kopf hämmert. Mit großer Mühe öffne ich die Tür und gehe hinaus. Eine Art grüne Flüssigkeit sickert aus meinem Auto.

Der Geruch von Rauch und Abgasen umhüllt mich. Alles bewegt sich in Zeitlupe.

## 11

## CHLOE

Plötzlich wird mir klar, dass jemand im anderen Auto sitzt.

Ich laufe hinüber und versuche, die Tür zu öffnen.

Sie klemmt.

Zuerst kann ich sie nicht öffnen, aber dann gibt sie nach und öffnet sich.

"Oh mein Gott! Geht es Ihnen gut?", frage ich die fassungslose Frau im Inneren.

Ihr Airbag ist gerade in ihrem Gesicht explodiert.

"Ich glaube schon", antwortet sie mit einem starken Akzent. Ich kann ihn nicht ganz zuordnen.

Sie steigt aus dem Auto aus, und wir beide stehen draußen und sehen uns den Schaden an.

Mein Dodge Neon ist völlig zerstört.

Die Vorderseite ist in Stücke zersplittert.

Ihr Auto ist auch beschädigt, aber nicht so schlimm.

Nicht annähernd so schlimm. Die Fahrerseite hat eine erhebliche Delle, aber ansonsten ist alles in Ordnung.

Ich schaue zu der Frau hinüber.

Sie sieht so verblüfft aus, wie ich mich fühle. Sie sieht aus, als wäre sie in den Fünfzigern, aber sie hat den Körper einer fitten Dreißigjährigen.

Sie trägt einen engen weißen Anzug, der ihren üppigen Busen, ihre winzige Taille und ihre runden Hüften betont.

Sie thront auf dreizehn Zentimeter hohen Stilettos und schwankt ein wenig im Wind.

Für eine Sekunde glaube ich, dass sie umkippen wird, aber sie macht einen Schritt zur Seite und fängt sich auf.

"Geht es Ihnen gut? Möchten Sie sich setzen?", frage ich.

"Oh, nein, mir geht es gut, Schätzchen", sagt sie. "Oh, es tut mir schrecklich leid; wo sind meine Manieren?"

Ich starre sie verblüfft an. Ich habe keine Ahnung, was sie meint.

Ihr gigantisches platinblondes Haar bildet einen Heiligenschein um ihren Kopf, und keine Strähne verrutscht, als sie es mit ihren langen, manikürten Fingernägeln ein wenig nach oben drückt.

"Mein Name ist Dolly Monroe." Sie streckt mir die Hand entgegen. Wir schütteln uns die Hand, und ich stelle mich vor.

"Ich denke, wir sollten die Polizei rufen?", schlage ich vor.

Gerade als ich mein Handy herausnehme, um den Anruf zu tätigen, hält ein Polizeiwagen an.

Zum Glück befinden wir uns mitten in einer Wohnstraße, und es gibt nicht allzu viel Verkehr.

"Geht es Ihnen beiden gut?", fragt der Polizist.

Wir nicken.

"Können Sie mir sagen, was passiert ist?", fragt er.

"Ich weiß wirklich nicht, was passiert ist", sage ich mit einem Achselzucken. "Ich bin nur gefahren und dann war alles schwarz."

"Es tut mir sehr, sehr leid, Officer", sagt Dolly und schüttelt den Kopf. "Ich muss das Stoppschild übersehen haben."

Der Polizist und ich starren sie an, als wäre sie vom Mond gefallen. Hat sie wirklich gerade einen Fehler zugegeben?

"Ich habe keine SMS geschrieben oder so etwas. Ich habe es nur nicht gesehen." Sie zuckt mit den Achseln. "Es tut mir wirklich leid, Chloe. Ich werde mich um dein Auto kümmern. Du brauchst dir keine Sorgen zu machen."

Der Polizist nimmt sie zur Seite, um ihre Stellungnahme zu erhalten.

Sie ist außer Hörweite, aber ich höre sie hier und da noch ein paar Worte sagen. Ich versuche, den Akzent zuzuordnen.

Er klingt nach Südstaaten, aber nicht wirklich.

Dann wird mir klar, dass sie genau wie Dr. Phil klingt. Genau wie er.

Das muss es sein. Sie muss aus Texas sein.

Als der Polizist wieder zu mir kommt, fragt er mich nach meinem Führerschein, meiner Zulassung und meiner Versicherung. Ich gebe ihm alle Dokumente.

"Warum tauschen Sie beide nicht Versicherungsinformationen aus, damit die sich darum kümmern können?", meint er. Ich gebe ihre Kontaktdaten in mein Handy ein und sage ihr meine.

Nachdem wir alle mit den Formalitäten fertig sind, stellt der Polizist Dolly einen Strafzettel aus und sagt mir, dass mein Auto abgeschleppt werden muss.

Ich nicke. "Ich schätze, ich werde mich bei einer Abschleppfirma melden", sage ich. "Und ein Taxi rufen, wenn ich schon dabei bin."

"Oh, nein, das ist Unsinn", sagt Dolly.

"Was?"

"Du brauchst kein Taxi zu rufen. Ich fahre dich nach Hause. Das ist das Mindeste, was ich tun kann."

"Oh, nein, schon okay", sage ich. "Ich weiß nicht, wie lange das mit dem Abschleppen dauern wird."

"Ich muss nirgendwo hin", sagt sie.

Schließlich gebe ich nach.

Diese Frau scheint nicht real zu sein.

Ich bin nicht besonders zynisch oder pessimistisch, aber ich weiß, dass es nicht viele Menschen gibt, die das tun würden, was sie in ihrer Position tut.

Der Abschleppdienst kommt in Rekordzeit an, und innerhalb einer halben Stunde sind wir auf dem Weg zu mir.

Als ich zur Beifahrerseite gehe, bemerke ich das Emblem auf der Vorderseite ihres Autos – ein dekoratives B.

"Ist das ein Bentley?", frage ich, während ich mich anschnalle.

"Ja."

"Wirklich? Wow! Ich war noch nie in einem Bentley. Eigentlich auch noch nie in einem BMW oder einem Mercedes."

"Es ist ein wirklich gutes Auto." Sie lächelt mich an. " Also, wohin?"

Ich gebe ihr meine Adresse.

"Also, Chloe. Was machst du?"

"Ich bin Kostümbildnerin. Heute war mein erster Tag im Job. Ich mache einen kleinen unabhängigen Film mit wirklich vielversprechenden Filmemachern."

"Wow, erzähl mir mehr darüber", sagt Dolly.

Ich erzähle ihr so viel wie möglich, versuche aber gleichzeitig, nicht zu schwärmen.

Etwas an ihrem Verhalten beruhigt mich.

Es fällt mir sehr leicht, mit ihr zu reden, und das
kommt von jemandem, der viel Erfahrung im
Gespräch mit Menschen hat, die ihren
Lebensunterhalt mit Zuhören verdienen.

Nach dem Tod meines Bruders, als ich dreizehn
Jahre alt war, schickten mich meine Eltern zu
einer Reihe von Therapeuten, die mir bei der
Verarbeitung halfen, aber keiner von ihnen hatte
auch nur annähernd Dollys Auftreten und
Verhalten.

## 12

## CHLOE

Dolly hört zu, während ich rede, und nickt aufgeregt.

"Das klingt wunderbar. Du hast einen recht vielversprechenden Start in deine Karriere", sagt Dolly schließlich, nachdem ich über meine Arbeit geschwärmt habe. "Ich sehe, dass du sehr leidenschaftlich an der Sache arbeitest."

"Ja, das tue ich", fahre ich fort, ohne zu zögern. "Als ich auf dem College war, dachte ich, dass ich damit nicht meinen Lebensunterhalt bestreiten könnte. Ich meine, ich bin in Pennsylvania aufgewachsen. Die Menschen dort haben normale Jobs. Nach dem College zog ich dann nach New York und bekam einen Job im Finanzwesen. Ich dachte, ich könnte einer dieser Menschen sein, die etwas für ihren Lebensunterhalt tun und etwas anderes als Hobby ausüben, aber ich konnte es nicht. Ich konnte diesen Job nicht ertragen. Ich hatte danach eine Art Mental Breakdown. Meine Schwester lebt in L.A. Sie ist Schauspielerin. Sie hat mich eingeladen, bei ihr zu leben, also bin ich hier."

"Um etwas zu tun, das du liebst", beendete Dolly meinen Satz für mich. Ich nicke.

"Und was ist mit deinem Freund? Er muss sehr stolz sein", sagt Dolly.

Ich atme tief ein.

Freund.

Ach, dieses Wort.

"Oh, sag nicht, dass er dich nicht unterstützt", sagt Dolly und liest meinen Gesichtsausdruck.

"Nein. Ich habe keinen Freund."

"Ein schönes Mädchen wie du?", sagt Dolly.
"Oder gehörst du zu den modernen Mädchen,
die nicht auf Beziehungen stehen?"

Meine Wangen erröten.

"Nein, das ist meine Schwester Lila." Ich
lächle. "Ich habe einfach nur Pech, schätze ich.
Ich hatte auf dem College einen Freund, aber
wir haben uns getrennt, als wir nach New York
gezogen sind. Es hat niemanden sonst gegeben.
Ich glaube, ich habe ein bisschen zu viel
durchgemacht, als dass jemand damit umgehen
könnte."

Ich habe keine Ahnung, warum ich dieser völlig
Fremden alles Intime und Persönliche über mich
erzähle.

Halt die Klappe, Chloe, sage ich mir.

"Aber ehrlich gesagt, war ich eine Zeit lang nicht
so scharf darauf, mit jemandem auszugehen. Es
schien mir einfach zu viel Mühe zu sein, und mir
macht das nicht so viel Spaß wie meiner
Schwester. Sie liebt es total, neue Typen

kennenzulernen. Und dann langweilt sie sich natürlich mit ihnen."

"Und du bist nicht so?", fragt sie.

"Nein, nicht wirklich." Ich zucke mit den Achseln. "Ich bin eher ein Mädchen für langfristige Beziehungen. Ich hatte in der Highschool zwei Jahre lang einen Freund. Dann drei Jahre auf dem College."

"Aber du weißt, dass du ohne Verabredungen und ohne dich selbst zu zeigen, nie die Liebe deines Lebens finden wirst."

"Ja, ich weiß." Ich nicke.

Keine von uns sagt einen Moment lang etwas.

"Chloe, du weißt nicht, was ich mache."

"Oh, das tut mir total leid. Das war sehr unhöflich von mir. Ich habe einfach nur über mein Leben geplappert", sage ich eilig.

Ich rede ein wenig zu schnell, wenn ich nervös oder verlegen werde.

Jetzt gerade bin ich beides.

"Nein, das ist völlig in Ordnung. Ich war diejenige, die neugierig war. Ich wollte dir nur sagen, dass ich vielleicht etwas für dich tun kann", sagt Dolly.

"Wie meinen Sie das?"

"Ich bin Partnervermittlerin. Ich helfe Menschen, Liebe zu finden."

"Eine Partnervermittlerin?", frage ich. "Ich wusste nicht, dass das noch ein echter Beruf ist. Ich meine, gibt es nicht das Internet und all diese Online-Dating-Sites?"

"Ja, die gibt es, aber nichts schlägt jemanden, der beide Personen tatsächlich kennt und sie für ein Date zusammenbringt. Es gibt keinen Algorithmus, der das ersetzen kann."

"Wirklich?", frage ich.

Ich hasse es, wie skeptisch ich klinge.

Ich muss mir so schnell wie möglich einen Filter besorgen.

"Es ist wie bei deinem Job. Die Leute können sich ihre Kleidung leicht selbst aussuchen, nicht wahr? Aber du bist da, um über jede einzelne Szene nachzudenken und eine Reihe von Outfits zusammenzustellen, die eine bestimmte Stimmung und Umgebung hervorrufen. Du bist da, um die Kleidung an die Figuren und die Geschichte anzupassen. Nun, das ist es, was ich mit den Menschen mache."

"Das macht Sinn, denke ich. Und Sie verdienen damit Ihren Lebensunterhalt?"

"Einen sehr guten. Dieser Bentley und diese Diamanten haben sich nicht von selbst gekauft, das steht fest."

Ich schaue mich im Auto um.

Und auf die Diamantkette und den riesigen Diamantring an ihrer linken Hand.

Ich war mir sicher, dass sie eine dieser Frauen aus Beverly Hills ist, die sehr gut geheiratet haben. Es ist mir peinlich, wie altmodisch mein Denken war.

"Worauf ich hinaus will, Chloe, ist, dass ich dich gerne verkuppeln würde."

"Ich glaube nicht, dass ich mir das leisten kann", sage ich. "Nein, ich bin mir sicher, dass ich es nicht kann."

Dolly wirft den Kopf zurück und lacht.

"Ist es das, was dir Sorgen macht? Das ist nicht nötig. Es ist kostenlos."

"Nein, das kann ich nicht annehmen." Ich schüttle den Kopf.

"Normalerweise zahlen Frauen bei mir nicht. Naja, es sei denn, sie sind relativ reich. Im Grunde zahlt nur die Person, die mich engagiert, und das ist diejenige, die mehr Geld hat. Leider sind es fast immer Männer, die das Geld haben, aber nicht immer."

"Also, arbeiten Sie nur für wohlhabende Männer?"

"Die Männer, die zu mir kommen, sind in der Regel sehr wohlhabend, aber ich bin kein Eskortservice, falls du das denkst."

Sie muss den Ausdruck auf meinem Gesicht gelesen haben.

"Meine Kunden haben Geld, und viele von ihnen haben die unglückliche Erfahrung gemacht, dass Frauen nur wegen ihres Geldes mit ihnen ausgehen. Also kommen sie zu mir und suchen nach Frauen, die es nicht darauf abgesehen haben."

"Oh, ich verstehe." Ich nicke.

Wir kommen bei meinem Wohnhaus an.

Es ist ein kleines zweistöckiges gelbes Gebäude mit acht Wohnungen.

Die Wände sind mit Efeu und kleinen rosa Blumen bedeckt.

Alle sechs Monate engagiert der Vermieter jemanden, der den Efeu entfernt, was mich immer traurig macht. Ich liebe es, Pflanzen zu sehen, die vom Boden in Richtung Sonne wachsen.

Das hat etwas Optimistisches und Schönes.

Dolly parkt den Wagen und dreht sich zu mir um.

"Und, was meinst du?", fragt sie und zieht die Augenbrauen erwartungsvoll hoch.

"Ich weiß es nicht", zögere ich. Ich weiß wirklich nicht, warum ich zögere. Ich habe einfach Angst, denke ich.

"Nur eine Verabredung? Was hast du zu verlieren?"

"Nichts, schätze ich."

"Perfekt." Sie gibt mir eine warme Umarmung. "Ich habe deine Nummer. Und vergiss nicht, deine Versicherung anzurufen."

"Das werde ich nicht", sage ich und steige aus dem Auto aus. Wir winken uns zum Abschied und ich gehe nach oben.

Noch bevor ich überhaupt die Chance habe, durch die Tür zu kommen, fragt mich meine Schwester: "Habe ich dich gerade aus einem *Bentley* aussteigen sehen?"

# 13

## CHLOE

Am nächsten Morgen gehe ich die Treppe hinunter, um das Auto meiner Schwester zu suchen.

Unser Wohnhaus hat keine Parkplätze – es wurde gebaut, bevor so etwas nötig war – also gibt es nur Straßenparkplätze.

Morgens und nachmittags gibt es normalerweise viele freie, aber die Zahl nimmt ab, sobald die Leute nach der Arbeit nach Hause kommen.

Da Lila gegen drei oder vier Uhr morgens nach Hause kommt, ist sie gezwungen, drei oder vier Straßen weiter zu parken.

Da sie aber fast immer etwas beschwipst

und/oder müde nach Hause kommt, erinnert sie sich fast nie daran, wo sie das Auto geparkt hat.

Normalerweise ist das ihr Problem, aber heute, da sie so freundlich ist, mir ihr Auto für die Arbeit zu leihen, ist es mein Problem.

Ich verlasse die Wohnung eine halbe Stunde früher, nur für den Fall, dass ich viel länger brauche, um das Auto zu finden, als ich denke, und ich finde es schließlich fünfundvierzig Minuten später, fünf Blocks entfernt.

Ich bin kurz davor, aufzugeben, als ich endlich den 2001er Honda Civic mit eingedellter Fahrerseite sehe.

Beschwingt öffne ich die Beifahrerseite und steige ein.

Ich klettere über die Gangschaltung und die Getränkehalter und setze mich auf den Fahrersitz.

Das ist der einzige Weg, einzusteigen.

Es war vor einigen Jahren, als Lila gerade entlassen worden war und sie völlig pleite war. Jemand hatte beim Zurücksetzen ihr Auto beschädigt, das auf der Straße geparkt gewesen war.

Die Versicherungsgesellschaft gab ihr 800 Dollar für den Schaden, aber da ihr Konto überzogen war, nachdem sie in diesem Monat Miete bezahlt hatte, und sie kein Geld für Lebensmittel hatte, benutzte sie das Geld, um davon zu leben, anstatt die Tür reparieren zu lassen.

Seitdem ist es so geblieben.

Ich verstelle meinen Sitz und stelle sicher, dass Rück- und Seitenspiegel in der richtigen Position sind.

Ich schalte das Radio ein, aber es kommt nichts heraus.

Richtig, das Radio funktioniert auch nicht.

Perfekt.

Was für ein beschissenes Auto.

Hoffen wir, dass es mich in einem Stück nach Nord-Hollywood bringt.

Mein Telefon klingelt. Es ist eine seltsame Nummer. Normalerweise nehme ich keine unbekannten Nummern an, aber aus irgendeinem Grund tue ich es diesmal.

"Hallo?"

"Hallo, Chloe! Hier ist Dolly Monroe. Wie geht es dir?" Dollys Akzent, der, wie ich später herausfinde, aus Westtexas stammt, klingt, als ob sie wie ein Vogel gurren würde. Er ist so melodiös.

"Hallo, Dolly. Mir geht's gut", sage ich.

Ich stelle sie auf laut, fahre vom Parkplatz weg und begebe mich in Richtung Sunset Boulevard.

"Was machst du Samstagabend?", fragt sie.

"Ähm ... ich weiß nicht. Ich habe eigentlich nichts vor."

Ich versuche, an das zu denken, was ich für das Wochenende geplant habe.

Der Beginn dieser Woche war so verrückt und hektisch, dass mein Gehirn total vernebelt ist.

"Jetzt schon! Ich habe das perfekte Date für dich gefunden. Ihr zwei werdet euch prächtig verstehen. Allerdings ist es eine formelle

Veranstaltung. Hast du irgendwelche formelle Kleidung?"

"Warte, was?" Mein Verstand versucht, die Ladung an Informationen, die sie gerade auf mir abgeladen hat, aufzunehmen.

"Hast du irgendwelche Abendkleider?"

"Nein. Aber Moment mal, noch mal von vorn. Ich kann dieses Wochenende nicht ausgehen."

"Warum?"

"Weil ... weil." Ich suche in meinem Kopf nach einer Antwort. Aber mir fällt nichts ein. "Ich weiß es nicht. Ich kann es einfach nicht. Es ist noch zu früh."

"Du hast gesagt, du hast Zeit. Du brauchst dir keine Sorgen zu machen. Kein Druck. Dieser Typ ist wirklich unkompliziert. Er ist sehr attraktiv. Und auch ziemlich reich."

"Das ist mir egal", sage ich.

"Noch besser."

"Aber ich kann trotzdem nicht gehen."

"Warum nicht?", fragt sie. Ist sie noch ganz dicht? Oder versteht sie einfach nicht den Wink mit dem Zaunpfahl?

"Ich kann es einfach nicht", sage ich. "Ich bin noch nicht so weit."

"Chloe, wie lange ist es her, dass du das letzte Mal ausgegangen bist?", fragt sie.

Ich nehme mir einen Moment Zeit, um wirklich darüber nachzudenken.

Hm.

Wenn ich darüber nachdenke. ..

Ich kann mich nicht wirklich erinnern. Ich weiß es nicht mehr.

"Diese Pause sagt mir, dass es zu lange her ist. Also wird dieser Samstag das Problem lösen."

"Aber ..."

"Es gibt kein Aber. Er ist ein toller Kerl. Sehr nett, höflich. Interessant. Ich bin sicher, dass ihr beide euch prächtig verstehen werdet."

"Aber du kennst mich nicht einmal richtig."
Endlich habe ich einen guten Grund gefunden.

Das stimmt.

Sie weiß kaum etwas über mich.

Wie kann sie so sicher sein, dass wir gut
zusammenpassen?

"Chloe, was ich tue, hat nichts mit Wissen zu tun.
Es geht nicht um Informationen. Menschen
stellen Verbindungen basierend auf Chemie her,
und ich gebe treffe meine Entscheidungen nach
meiner Intuition. Ich habe vor langer Zeit
gelernt, auf meine Intuition zu hören, und sie ist
sehr selten falsch."

"Okay", gebe ich schließlich nach.

"Okay"? Du wirst gehen?" Dollys Stimme wird
am Ende höher. Sie freut sich ein wenig zu sehr
darüber.

"Ja, ich werde gehen", sage ich. "Aber warum
können wir nicht einfach eine Tasse Kaffee
trinken gehen? Uns ein wenig kennenlernen? Ich
kann nicht mit einem völlig Fremden zu einer
Gala gehen."

"Aber natürlich kannst du das!" Ich kann fast sehen, wie sie mit ihrer manikürten Hand abwinkt, als ob ich etwas Albernes gesagt hätte.

"Gut. Aber ich habe nichts zum Anziehen."

"Ich werde mich darum kümmern."

Nachdem wir eine Zeit ausgemacht haben, die mit unseren beiden Zeitplänen vereinbar ist, beschließen wir, uns heute Abend um sechs Uhr am Rodeo Drive zu treffen.

Ich lege mit vielen Zweifeln und einem Hauch von Resignation auf.

Vielleicht hat Dolly recht. Es ist Zeit, auszugehen und neue Leute kennenzulernen.

## 14

FINN

Ich treffe mich mit Ben Garett zum Mittagessen.

Er ist mein ältester und engster Freund. Wir sind Freunde, seit ich dreizehn und er zwölf Jahre alt war, und wir haben uns am Set von Danny's Life, einer beliebten Sitcom aus den 90er Jahren, kennengelernt.

Er hatte eine Zeile, und ich war ein Statist. Es war einer meiner ersten richtigen Jobs, und ich war ein Nervenbündel. Ben hatte Erfahrung.

Er hatte schon seit einigen Jahren Vorsprechen und Auftritte in Fernsehshows. Ich weiß noch, wie eingeschüchtert ich war, als ich zum ersten

Mal mit ihm sprach, und wie lustig und bodenständig er war.

Das machte den Unterschied aus.

Zum Glück war keiner von uns eines dieser erfolgreichen Kinderstars in Hollywood, so dass wir nicht so verkorkst sind, wie viele dieser Kinderstars es oft sind.

Ben hatte seinen Durchbruch, als er achtzehn Jahre alt war, in *Tequila Dreams*, in dem er einen jungen Arzt spielte, der gegen die Cholera-Epidemie kämpfte.

Er wurde für einen Golden Globe und einen Oscar nominiert. Ich erinnere mich, dass ich zu den Preisverleihungen ging und dafür gebetet habe, dass er gewinnt.

Leider hat er das nicht getan.

Beide Preise gingen in diesem Jahr an Anthony Hopkins.

Aber es ist schon ein Teufelskerl, gegen den man verlieren kann, nicht wahr?

Es ist wie gegen Meryl Streep zu verlieren.

Was kann man da schon sagen?

Versuche es nächstes Jahr wieder?

"Wie läuft es denn so?" Ben umarmt mich und wir bestellen beide unsere Getränke. "Warum treffen wir uns wieder in Nord-Hollywood?"

"Ich drehe hier in der Nähe einen Film und habe nur eine Stunde Zeit. War der Verkehr sehr schlimm?"

"Nee, nicht mehr als sonst."

"Ich liebe es wirklich, wie abgelegen Nord-Hollywood für die Paparazzi ist."

"Ich weiß, die wollen nicht pendeln", scherzt er.

Ben und ich haben beide einen langen Weg zurückgelegt seit unseren Tagen als Komparsen in der Sitcom. Wir sind beide in unsere Gesichter und Körper hineingewachsen.

Ben wurde vor kurzem eine sehr lukrative Rolle als Marvel-Superheld (ich kann nicht wirklich sagen, als welcher) angeboten.

Er wird eine Menge Geld am Ende herausbekommen.

Das ist wirklich genial, weil der Film eine Menge Rekorde brechen soll.

"Wie geht es Jasmine? Und den Kindern?", frage ich.

Im Gegensatz zu mir, der anscheinend nicht länger als ein paar Monate an einer Freundin festhalten kann, traf Ben Jasmine, als er einundzwanzig war, und heiratete sie mit zweiundzwanzig.

Ich war der Trauzeuge, und die beiden sind seit fast acht Jahren glücklich verheiratet.

Sie haben drei Kinder und ein weiteres ist unterwegs.

"Toll. Die Schwangerschaft läuft eigentlich ganz gut."

Ich nehme ein Stück Brot aus dem Brotkorb und bestreiche es mit Butter.

Ich lache und schüttle den Kopf.

"Was?", fragt er.

"Ich kann immer noch nicht glauben, dass du bald vier Kinder haben wirst. Das ist verrückt, Ben."

"Ich weiß. Es fällt mir manchmal schwer, das selbst zu glauben." Er lächelt. "Aber Kinder sind großartig. Du verpasst wirklich etwas. Sie sind so lustig. Sie wollen immer spielen. Sie halten mich wirklich auf dem Boden."

"Ja, ich weiß. Ich habe deine Kinder kennengelernt", sage ich. "Sie sind unglaublich. Aber weißt du, ich habe auch die Kinder anderer Leute kennengelernt. Und, ehrlich gesagt, sie lassen viel zu wünschen übrig."

"Oh, komm schon."

"Selber komm schon. Die meisten Menschen haben Albträume über Kinder. Sie sind laut und unausstehlich. Du und Jasmine hattet Glück. Und zwar sehr viel."

Das Essen kommt gerade noch rechtzeitig.

Ich stelle fest, dass Ben kein Brot isst und keine Kohlenhydrate bestellt hat.

"Strikte Diät?", frage ich. Er nickt.

"So ziemlich. Sie lassen mich zwei Stunden am Tag mit einem Personal Trainer arbeiten, um zwanzig Pfund an Muskeln aufzubauen. Er hat mich auf eine strikte Diät ohne Milchprodukte, ohne Zucker und ohne einfache Kohlenhydrate gesetzt."

"Wie läuft es denn so?", frage ich. Ich brauche keine Antwort von ihm.

Sein mürrischer Gesichtsausdruck sagt mir alles.

"Du wirst fantastisch aussehen", sage ich. "Wenigstens das wirst du haben. Ich bin sicher, du bekommst die Titelseite von Men's Health und was du sonst noch willst."

"Weißt du noch, wie dürr und groß wir beide als Kinder waren?", fragt er und beißt in seinen Salat.

"Oh mein Gott. Erinnere mich nicht einmal daran. Wir waren nur Arme und Beine."

Als wir heranwuchsen, hatten Ben und ich beide das gleiche Problem. Wir konnten einfach kein Gewicht zulegen. Weder Gewicht noch Muskeln.

"Ich bin in einem Sommer fast dreizehn Zentimeter in die Höhe geschossen", sage ich. "Meine Gelenke haben mir monatelang wehgetan."

"Ich weiß, war bei mir auch so." Er nickt.

"Ich weiß nicht, wie wir damals Mädchen abbekommen haben."

"Nun, ich habe keine abbekommen. Du schon, aber ich nie." Ben lacht.

"Oh, komm schon, du hattest schon welche", sage ich und versuche, mich an mindestens ein Mädchen zu erinnern, mit dem Ben vor Jasmine ausgegangen ist.

"Ich hatte ein paar Freundinnen, aber das war's auch schon. Als ich Jasmine traf und sie tatsächlich auf mich stand, hielt ich deshalb sofort an ihr fest."

Wir beide lachen.

"Lass mich dir nur eins sagen", sage ich. "Du weißt, ich liebe Jasmine. Aber wenn du jetzt Single wärst, hättest du die freie Auswahl."

Er schüttelt den Kopf.

"Ich meine es ernst. Wenn du nicht so eine glückliche Ehe und ein langweiliges Leben hättest, würdest du überall in den Promi-Magazinen zu finden sein. Du bist es. Und, wer weiß, vielleicht landest du nach diesem Film sogar auf dem Cover von Sexiest Man Alive."

"Oh, wow, das wäre ja zum Totlachen", sagt Ben. Obwohl er ein erstaunlicher Schauspieler ist und einen übermütigen Bastard ziemlich gut spielen kann, hatte er nie wirklich viel Selbstvertrauen. Selbst jetzt tut er so, als würde er mir zustimmen, aber ich habe meine Zweifel.

"Also, was ist mit dir?", fragt Ben. Plötzlich wird sein Gesicht sehr ernst. Ich weiß, dass er Ariel erwähnen wird.

"Was soll mit mir sein?" Ich tue so, als ob nichts los wäre.

"Wie geht's denn so? Ich meine, ich habe die Magazine gelesen. Ist da was Wahres dran?"

Normalerweise nicht. Es ist erstaunlich, wie viel Mist sie veröffentlichen. Völlig erfundene Scheiße. Aber in diesem Fall haben sie recht.

"Ach, es ist vorbei. Sie ist bei Kingsolver eingezogen."

Ich hasse die Tatsache, dass der neue Freund meiner Ex den Vornamen meines besten Freundes teilt.

"Wow, schon?" Ben ist verblüfft.

"Anscheinend geht das schon seit einiger Zeit so", sage ich.

Ich mache eine kleine Pause.

Ich will nicht so lange aufhören zu reden, aber tut die Stille gut. Ich verliere mich in ihr.

"Aber, hey, es war wahrscheinlich die ganze Zeit ein Fehler", sage ich schließlich.

"Nein, das ist nicht wahr."

"Hör zu, wir können nicht alle so viel Glück haben wie du und Jasmine", sage ich. Ich ändere den Tonfall meiner Stimme, um zu versuchen, die Stimmung aufzuhellen. "Vielleicht bin ich einfach dazu bestimmt, Single zu sein. Und das ist okay. Single zu sein macht Spaß."

"Ich weiß, dass Jasmine und ich sehr viel Glück haben. Und deshalb möchte ich unbedingt, dass du dasselbe erlebst. Natürlich kannst du das mit jemandem Besonderen haben. Man muss nur das richtige Mädchen finden. Und du weißt, es ist nicht unbedingt notwendig, dass sie Model oder Schauspielerin ist."

Ich lächle.

"Nein, ich meine es ernst. Es gibt eine Menge wunderschöner normaler Mädchen da draußen. Der Vorteil, mit einem dieser Mädchen auszugehen, ist, dass sie nicht auch im Geschäft ist. Sie hat nicht mit ihrer eigenen verrückten Promi-Karriere zu kämpfen."

Ich weiß, worauf er hinaus will.

Er hat schon oft darüber gesprochen. Jasmines Vater war der Chef von NBC, aber sie wollte nie Schauspielerin werden.

Stattdessen war ihre Leidenschaft immer Schmuck.

Ein Jahr nach ihrer Heirat begann sie schließlich, Schmuck zu entwerfen, und jetzt sind ihre Entwürfe in einer Reihe von Nordstrom's und Saks Fifth Avenue-Geschäften im ganzen Land zu finden.

"Weißt du, ich bin nicht so oberflächlich, wie du denkst", sage ich. "Ich verabrede mich nicht nur mit Models und Schauspielerinnen, weil sie heiß sind oder das Einzige, worüber ich nachdenke, ihr Aussehen ist. Ich weiß nicht einmal, wie ich anfangen soll, mit jemandem auszugehen, der ein ganz normales Leben führt. Ich meine, wo würde ich sie kennenlernen? Und immer wenn ich normale Mädchen treffe, sehen sie mich einfach nur als die Figuren, die ich gespielt habe. Sie nennen mich sogar bei ihrem Namen. Weißt du, wie sehr das abtörnt?"

"Ja, ja, ich weiß. Es ist schwer", sagt Ben. "Aber trotzdem solltest du es versuchen."

Ich zucke mit den Achseln. "Okay, ich werde es versuchen."

Wir verzichten beide auf das Dessert, aber Ben besteht darauf, die Rechnung zu bezahlen.

Normalerweise wechseln wir uns ab, aber dieses Mal besteht er darauf, weil ich gerade arbeite und nicht bezahlt werde.

"Ist das dein Ernst?", frage ich. "Weißt du, wie viel Geld ich bei meinem letzten Film verdient habe?"

"Ich habe die Zeitschriften gelesen. Ich habe eine gewisse Vorstellung, aber wer weiß? Vielleicht hast du alles ausgegeben."

"Du bist ein Arschloch", sage ich.

"Okay, also lass mich nur die hier übernehmen, und du bekommst die nächste."

"Ich bekomme die nächste, auch wenn wir mit Jasmine und deiner Wagenladung an Kindern ausgehen. Ich bezahle für alle", sage ich.

"Oh, das wäre großartig. Wie viele Kinder wir wirklich haben, merke ich erst, wenn wir mit ihnen essen gehen und die Rechnung kommt. Wenn dieses Projekt erfolgreich ist, werde ich viele Fortsetzungen machen müssen, um für all ihren Mist zu bezahlen."

## 15

FINN

DER PARKWÄCHTER BRINGT mein Auto zuerst.

Nach einer kurzen Umarmung sage ich Ben, dass ich ihn bald anrufen werde und dass er Jasmine meine besten Wünsche ausrichten soll.

Auf der Rückfahrt zum Set bleibt mir etwas von dem, was Ben gesagt hat, im Gedächtnis. Ich frage mich, wie es wohl wäre, mit einem normalen Mädchen auszugehen.

Jemand, der gar nicht in der Branche ist?

Zumindest nicht vor der Kamera. Ich habe noch nie wirklich darüber nachgedacht. Es ist überraschend schwer, Mädchen zu finden, die derzeit nicht in der Branche tätig sind oder es nicht anstreben, Models oder Schauspielerinnen zu werden.

Mit wem könnte ich mich überhaupt verabreden?

Während all diese Gedanken in meinem Kopf herumwirbeln, sticht eine Person heraus.

Der Name eines Mädchens rückt immer wieder in den Vordergrund. Ich werde sie bald sehen. Sie wird mir die Kleider zeigen, die sie für die Nachmittagsszene für mich ausgesucht hat.

Plötzlich fühlen sich meine Hände seltsam an.

Meine Finger sind unruhig, meine Handflächen schwitzen und ich fühle mich überall kribbelig.

Mein Handy klingelt, gerade als ich auf den Parkplatz bei den Wohnwagen komme. Es ist eine seltsame Nummer, aber ich gehe trotzdem ran.

"Finn Dalton?", fragt die Frau auf der anderen Seite. Sie hat einen starken texanischen Akzent und eine hohe Stimme.

"Ja."

"Ich heiße Dolly Monroe, und Stefania Michelle hat mir Ihre Nummer gegeben."

Warum zum Teufel gibt Stefania meine persönliche Nummer an Fremde weiter?

"Ich weiß, dass Sie um Ihre Privatsphäre besorgt sein müssen, deshalb möchte ich Ihnen nur versichern, dass Diskretion in meinem Geschäft das A und O ist."

"Und was ist Ihr Geschäft?", frage ich.

"Partnervermittlung. Ich habe Stefania eine Reihe von Fragen gestellt, aber einige konnte sie nicht beantworten. Und damit ich meine Arbeit tun kann, muss ich sie beantwortet bekommen."

"Okay", sage ich ganz langsam.

"Erzählen Sie mir ein wenig über Ihre Kindheit", sagt sie. "Grundlegende Dinge."

"Hat Stefania Ihnen nichts gesagt?" möchte ich wissen.

"Nein. Sie war sich nicht sicher, ob sie es tun sollte und dachte, es wäre besser, wenn ich Sie selbst anrufe."

"Ähm", sage ich vorsichtig.

Es piept in der Leitung.

Es ist Stefania.

Ich stelle Dolly in die Warteschleife und nehme den Anruf entgegen.

Stefania informiert mich über die Details.

Anscheinend ist Dolly Monroe die Beste der Besten, wenn es um Partnervermittlung geht, und sie wird für diesen Samstag ein nettes und passendes Date für mich finden.

Für eine Sekunde überlege ich, ob ich nicht doch lieber aussteigen sollte.

Das Gespräch mit Ben hat mich inspiriert.

Ich hatte die Idee, Chloe zum Gouverneursball einzuladen und diese ganze Blind-Date-Sache ganz abzusagen.

Aber dann wurde mir klar, dass ein formelles Event vielleicht nicht das beste erste Date ist.

Was, wenn sie kein Abendkleid für eine Veranstaltung in letzter Minute hat?

Ich möchte sie in keiner Weise in Verlegenheit bringen.

Außerdem geht es beim Ausgehen mit einem normalen Mädchen darum, normale Dinge zu tun.

Ein Abendessen und einen Film vielleicht.

Ich beende mein Gespräch mit Stefania und kehre zu Dolly zurück.

"Das war Stefania", erkläre ich. "Sie sagte, dass Sie mit Fragen anrufen würden. Sie wollten also etwas über meine Kindheit wissen?"

"Ja."

"Was möchten Sie wissen?"

"Grundlegende Dinge, wie zum Beispiel, wo sind Sie aufgewachsen? Wer hat Sie aufgezogen? Irgendwelche Erfahrungen, die Sie teilen möchten?"

"Ich bin ein Einzelkind, und ich wurde von einer alleinerziehenden Mutter aufgezogen. Meine Mutter zog nach L.A., um Schauspielerin zu werden, traf meinen Vater und wurde schwanger. Sie trennten sich, bevor ich überhaupt geboren wurde. Er war nie wirklich Teil meines Lebens, aber meine Mutter und ich stehen uns sehr nahe."

"Ist sie jetzt verheiratet?"

"Nein, nicht wirklich. Sie hatte ein paar Beziehungen, als ich aufwuchs, aber nichts Großes. Ich bin wohl eine Art Einzelgänger, genau wie sie."

Ich habe das noch nie so zusammengefasst.

Vielleicht ist es seltsam, dass meine Mutter ihr ganzes Leben ziemlich allein gelebt hat, aber sie hat viele enge Freunde.

Alle paar Monate macht sie mit ihren Freundinnen eine Kreuzfahrt.

Sie liebt es, zu gärtnern und zu töpfern.

Ihr Leben ist voller Lachen und Freude. Das Einzige, was sie nie wirklich hatte, ist eine dauerhafte Beziehung.

Ich habe es nie in Erwägung gezogen, dass das merkwürdig sein könnte.

"Sie sind also in L.A. aufgewachsen?"

"Ja, sie hat viele Jahre als Kellnerin gearbeitet und ist zu Vorsprechen gegangen. Dann bekam sie einen Job in der Soap *All My Children*. Sie war vier Jahre lang bei der Serie dabei. Sie wollte nicht wirklich, dass ich in das Geschäft einsteige, aber ich nervte sie immer wieder damit, und schließlich nahm sie mich mit zwölf Jahren zu einem Vorsprechen mit. Es ging um eine Seifenoper, die es nicht mehr gibt. Da habe ich mich von der Schauspielerei anstecken lassen. Ich liebte jede Sekunde am Set. Die Schauspielerei als solche. Und die Tatsache, dass sie mich dafür bezahlt haben, hat mich umgehauen."

"Ich kann sehen, dass Sie sehr leidenschaftlich bei dem sind, was Sie tun", sagt Dolly. "Und was ist mit Ihrem Privatleben?"

"Ach, das ist nichts, worüber ich mir allzu große Sorgen mache. Sie wollen das wahrscheinlich nicht hören, da Sie eine Partnervermittlerin sind und so, aber ich bin nicht wirklich ein Beziehungstyp. Ich hatte schon einige, aber sie dauerten nie länger als ein paar Monate. Ich liebe den Beginn von Beziehungen. Die Aufregung und die Spannung. Aber wenn das nachlässt, verliere ich das Interesse."

"Ist das etwas, woran Sie arbeiten wollen?", fragt Dolly.

"Nein, nicht wirklich."

Ich weiß nicht, warum ich am Telefon so offen zu dieser Fremden bin, abgesehen davon, dass es keine große Sache ist.

Wenn sie all diese Informationen braucht, um mich für eine Verabredung zu verkuppeln, ist das für mich in Ordnung. Ich bin sicher, dass das Mädchen heiß sein wird und wir uns gut amüsieren werden.

Die ersten Dates sind nicht das Problem. Es ist das zehnte Date, bei dem die Dinge wirklich anfangen, scheiße zu laufen.

"Sie sind also nicht daran interessiert, Liebe zu finden?", fragt sie.

"Um die Wahrheit zu sagen, ich bin mir nicht sicher, ob sie existiert. Ich meine, ich sehe sie überall um mich herum. Mein Freund Ben und seine Frau Jasmine sind schon ewig zusammen, und sie sind immer noch so verliebt wie am ersten Tag. Aber ich bin mir nicht so sicher, ob so etwas für mich existiert. Das ist schon in Ordnung. Ich habe noch andere Dinge. Ich habe meine Karriere und meine Freunde. Ich liebe, was ich tue, und ich bin wirklich froh, dass ich damit meinen Lebensunterhalt verdienen kann. Wissen Sie, wie viele Menschen täglich versuchen, in dieses Geschäft einzusteigen, und dabei scheitern? Nun, sie scheitern nicht, aber sie sind nicht in der Lage, die richtigen Rollen zu bekommen. Haben nicht das Glück, einen bezahlten Job zu bekommen."

"Finn, Sie verkaufen sich unter ihrem Wert", sagt Dolly nach einem Moment.

## 16

FINN

Ich starre auf mein Handy. Hat sie das ernsthaft gerade zu mir gesagt?

"Wie bitte?"

"Sie verkaufen sich unter Ihrem Wert. Als Sie zu den Auditions gegangen sind, was hat Sie da gehalten? Was hat Sie motiviert?"

"Ich weiß es nicht. Ich habe wohl an mich selbst geglaubt."

"Und Sie haben nicht aufgegeben, egal, was passiert ist?"

"Ich konnte es nicht. Ich musste an mich selbst glauben, bevor jemand anderes an mich glauben konnte. In diesem Geschäft wird man ständig mit Ablehnung konfrontiert. Ich musste diesen wahnsinnigen Glauben und das Vertrauen in mich selbst aufbauen. Ich musste wissen, dass es für mich funktionieren würde, egal wie lange es dauern würde. Ohne dieses Maß an Vertrauen kann man nicht erfolgreich sein. Denn dann lässt man sich von den Zweifeln und Fehleinschätzungen anderer Menschen entmutigen."

"Genau das ist mein Punkt. Mit der Liebe ist es dasselbe. Es erfordert Glauben. Sie müssen daran glauben, dass Sie eines Tages die Person finden werden, die absolut perfekt für Sie ist. Sie wird jeden Aspekt von Ihnen verstehen. Sie wird die Person sein, die immer für Sie da sein wird. Ohne diesen Grad an Glauben und Vertrauen, dass dies etwas ist, das Sie verdienen, werden Sie sie nie finden. Denn Sie werden immer an jeder Person zweifeln, die in Ihr Leben kommt, und mit dem Zweifel werden Sie Samen der Zerstörung pflanzen."

"So habe ich das noch nie gesehen", sage ich nach einem Moment.

"Okay, nun, ich denke, dieses Gespräch war recht hilfreich. Normalerweise treffe ich mich gerne mit all meinen Kunden, aber angesichts der Umstände und der Dringlichkeit dieser Angelegenheit habe ich jemanden, der sich an diesem Samstag für Sie als gutes Date anbieten wird."

"Schon?", frage ich.

"Ich habe mich vor ein paar Tagen mit ihr getroffen, und ich habe das Gefühl, dass Sie beide gut zusammenpassen werden."

Dann fällt mir etwas ein.

"Warten Sie, aber Sie haben mich nicht gefragt, was ich suche."

"Wie zum Beispiel?", fragt sie.

"Zum Beispiel, was für eine Frau ich suche. Größe, Gewicht, Haarfarbe. Körpertyp."

"Finn, ich werde so tun, als hätten Sie das nicht gerade gesagt."

"Was? Ist das anstößig? Ich weiß, dass Aussehen oberflächlich ist, aber es ist wichtig."

"Physikalische Chemie ist wichtig, und ein Teil davon kann auf das Aussehen zurückgeführt werden, aber der größte Teil kommt von der Ausstrahlung und dem Wesen und der Identität des Individuums."

Ich hasse es, wie oberflächlich ich in diesem Punkt darstehe, aber ich bin schließlich ein Mann.

"Was ist mit dem Alter?", frage ich.

"Was soll mit dem Alter sein?"

Ich fange an, ihre Neigung zu hassen, meine Fragen zu wiederholen.

"Ich bin nicht besonders daran interessiert, mit jemandem auszugehen, der 50 ist", sage ich.

"Ich habe angenommen, dass Sie das nicht sein würden. Sagen wir mal so: Sie wird altersgemäß für Sie sein."

Ich schlucke schwer.

"Werden Sie mir etwas über sie erzählen?"

"Sie beide werden sich um 19 Uhr im Beverly Hills Hotel treffen, fünfundvierzig Minuten vor

Beginn Ihrer Veranstaltung."

"Ich werde sie nicht zu Hause abholen?",
frage ich.

"Nein, ich glaube nicht, dass das eine so gute Idee
ist."

Das gefällt mir nicht. Kein bisschen.

"Dolly, ich bin mir nicht sicher, ob das eine so
gute Idee ist. Warum erfährt sie, wer ich bin und
liest alles über mich bei Google, bevor sie hierher
kommt, und ich erfahre nichts über sie?"

"Oh, ich sage ihr nicht, wer Sie sind", sagt Dolly.
"Alles, was sie weiß, ist, dass sie mit einem Mann,
von dem ich dachte, dass er ihr ein gutes Date
bieten würde, zu einer formellen Veranstaltung
gehen wird. Das ist alles. Keiner von Ihnen
beiden weiß etwas voneinander."

Das klingt schon besser.

Ich zögere immer noch sehr.

Aber dann sehe ich Chloe aus ihrem
Wohnwagen kommen.

Ich habe noch ein paar Minuten Zeit, bis ich am Set sein muss, und ich möchte mit ihr reden.

"Okay, gut. Das ist gut. Hören Sie, ich muss gehen. Schicken Sie mir eine SMS mit den Details", sage ich und beende das Gespräch abrupt. "Hey, Chloe!"

Ich gehe auf sie zu.

Sie trägt eine enge Jeans und eine schöne, locker sitzende Bluse.

Sie ist so durchsichtig, dass ich ihren BH durch sie hindurch sehen kann.

Der BH ist schwarz und mit Spitze besetzt. Unglaublich sexy.

"Na, was gibt's?", fragt sie.

"Wie läuft dein Tag?", frage ich.

"Hektisch, ehrlich gesagt. Eines der Kleider wurde ruiniert, so dass ich es zur Reinigung bringen musste, aber es wird nicht rechtzeitig für die Nachmittagsszene fertig sein. Also versuchen Martha und ich herauszufinden, wie wir das Ganze lösen können."

Ich nicke und tue so, als ob es mich interessieren würde.

Auch wenn sich meine Gedanken fast ausschließlich auf ihre Brüste konzentrieren und darauf, wie sie ohne diesen sexy BH aussehen würden.

"Aber mit deiner Kleidung ist alles in Ordnung? Beim Mittagessen wurde nichts ruiniert?", fragt sie und betrachtet mich von oben bis unten.

Eine Sekunde lang denke ich, dass sie mich abcheckt, aber dann merke ich, dass sie nur meine Kleidung überprüft, um sicher zu gehen, dass ich kein Essen darauf bekommen habe.

"Ich bin ein sehr vorsichtiger Esser", sage ich.

"Ich weiß, aber Unfälle passieren. In Zukunft wäre es gut, wenn du dich vor dem Mittagessen umziehen würdest, wenn es dir nichts ausmacht. Wir haben einfach keine Backups, und das kann das ganze Projekt gefährden."

"Naja, ich weiß nicht so recht." Ich lächle. "Es ist nur eine Anzugsjacke."

"Ich weiß. Es scheint keine große Sache zu sein, aber es ist eine. Ich habe keine Duplikate. Wenn du also etwas auf die Hose bekommst, dann müssen wir sie chemisch reinigen lassen und die Produktion muss warten. Sonst haben die Szenen keine Kontinuität."

"Ich habe schon einmal an einem Film gearbeitet, Chloe. Du musst mit mir nicht über Kontinuität sprechen", sage ich ernst.

"Ich weiß, dass du schon an Filmen gearbeitet hast. Aber nicht so einen. Deine anderen Filme hatten ein großes Budget und viele Leute in der Garderobe. Es gab viele Ausweichmöglichkeiten für den Fall der Fälle. Aber hier arbeiten wir nicht mit sehr viel."

"Du brauchst dir keine Sorgen um mich zu machen. Ich bin vorsichtig", sage ich abrupt und gehe weg.

Ich weiß nicht genau, was gerade passiert ist.

Haben wir uns wirklich über die Kleidung gestritten?

Sie hat natürlich recht, ich sollte mein "Kostüm" nicht zum Mittagessen tragen, auch wenn es nur ein gewöhnliches Outfit ist.

Also, warum bin ich so unhöflich geworden?

Warum habe ich es so persönlich genommen?

Ich drehe mich um, um mich zu entschuldigen, aber in ihrem Wohnwagen wimmelt es von Leuten.

Sie passt ihre Kleidung an, überprüft ihre Outfits und macht Vorschläge.

Das ist kein guter Zeitpunkt.

Scheiße!

Martha kommt, um mit mir über die nächste Szene zu sprechen, die wir drehen.

Ich höre zu, aber meine Gedanken sind woanders.

Ich weiß nicht wirklich, was vor sich geht, aber aus irgendeinem Grund denke ich immer wieder an das, was gerade mit Chloe passiert ist.

Irgendetwas an ihr macht mich nervös.

Ich verliere die Fassung.

Meine Gedanken schweifen zurück zu der Frage, wie es wäre, mit Chloe zum Gouverneursball zu gehen, anstatt zu diesem Date, das Dolly für mich gefunden hat.

Der Gedanke an das Ganze bereitet mir eine Gänsehaut.

Was zum Teufel ist hier los, Finn?

Reiß dich zusammen, sage ich mir.

Du hattest schon viele Verabredungen.

Was macht dich plötzlich so nervös an Chloe?

"Finn", sagt Martha. "Hörst du mir zu?"

"Oh, ja, natürlich. Ich denke, wir sollten es auf jeden Fall so machen. Klingt perfekt", murmle ich.

Plötzlich fällt es mir ein.

Ich bin nervös, weil ich eigentlich nicht weiß, wie ein Date mit Chloe laufen würde.

Sie ist nicht wie die anderen, mit denen ich schon einmal ausgegangen bin.

## 17

## CHLOE

Iсн ѕене ıнN dorт ѕтенеn, wie er mich beobachtet.

Ich eile um die anderen Schauspieler herum und suche ihre Kleider zusammen. Ich mache ihnen Komplimente für ihr Aussehen.

Helfe ihnen, das richtige Paar Schuhe auszusuchen.

Und immer noch steht er da. Ich weiß nicht, was gerade passiert ist.

War ich wirklich so unhöflich?

Habe ich etwas so Unangemessenes gesagt?

Das Gespräch, das Finn und ich gerade hatten, läuft in meinem Kopf immer wieder ab. Ich wollte ihn nicht beleidigen.

Ich weiß nicht, ob ich es getan habe.

Er wurde einfach grundlos wütend.

Ich möchte mich entschuldigen, um die Dinge wieder in Ordnung zu bringen, aber ich kann es nicht.

Nicht jetzt.

Trotzdem ist eine Entschuldigung angebracht, damit wir in Zukunft ohne Probleme zusammenarbeiten können.

"Entschuldigung", sage ich zu Lindsey. "Ich bin gleich wieder da."

Sie lächelt und probiert weiterhin Schuhe an.

Ich habe noch nie jemanden getroffen, der so in Schuhe verliebt ist.

Ich bezweifle, dass sie es überhaupt bemerken würde, wenn ich nicht mehr zurückkäme.

Ich gehe zu Finn hinüber, entschlossen, die ganze Sache hinter uns zu lassen.

Sein Gesichtsausdruck verändert sich, als er mich näher kommen sieht.

Es sieht aus, als ob er für eine Sekunde Angst bekommen würde.

Er wirkt schüchtern.

Aber dann fängt er sich wieder.

"Finn, es tut mir leid, falls wir gerade ein Missverständnis hatten. Ich wollte dich nicht beleidigen."

"Nein, das hast du nicht. Ganz und gar nicht. Ich war ein Arschloch. Ich habe gerade viel um die Ohren, und ich hätte das nicht sagen sollen. Nichts davon."

"Okay", ich seufze tief. "Da fällt mir ein Stein vom Herzen."

Ich spüre, wie sich meine Schultern wieder entspannen.

Ich drehe mich um, um wegzugehen.

"Ist es das?", fragt er.

"Was?"

"Ist es ein Stein, der dir vom Herzen fällt?", fragt er. Warum drängt er darauf? Was geht hier vor?

"Nun, ja. Ich möchte keinen ungelösten Konflikt mit jemandem haben, mit dem ich arbeite. Und ich wollte nur herkommen und mich entschuldigen, falls ich etwas gesagt habe, was dich beleidigt hat."

"Oh, ich verstehe." Er nickt. "Das dachte ich mir. Nun, wie ich schon sagte, es tut mir auch leid."

"Keine Sorge. Lass uns das einfach auf ein Missverständnis schieben."

"Verstanden", sagt er.

Finn schenkt mir ein Lächeln und mein Herz schmilzt ein wenig.

Ich atme tief ein und zwinge mich, wieder an die Arbeit zu gehen.

Passiert das wirklich, Chloe?, frage ich mich selbst. Bist du in ihn verknallt?

Finn Dalton?

Wie erbärmlich!

Wie klischeehaft! Jedes Mädchen auf der Welt ist in ihn verknallt.

Dolly hat für dich ein Date für Samstagabend arrangiert.

Du wirst umwerfend aussehen und einen echten Junggesellen treffen. Jemanden ohne Gepäck.

Jemanden, dessen längste Beziehung über eine Woche hinausging.

Ich führe immer dann Selbstgespräche in zweiter Person, wenn ich mich von etwas überzeugen muss.

Das gibt mir ein Gefühl der Autorität.

Aber es funktioniert nicht immer.

Ich bin nicht jemand, der gut auf Autorität hört.

Während ich mir diese Dinge einrede, schaue ich immer wieder zu Finn hinüber, der mich weiterhin aus der Ferne anstarrt.

Warum schaut er nicht weg?

Warum muss sein Blick so verführerisch sein?

---

NACH DER ARBEIT an diesem Abend wage ich
mich durch den Verkehr in LA und komme
gerade noch rechtzeitig am Rodeo Drive an.

Ich lebe schon seit Jahren in LA, war aber noch
nie hier. Natürlich habe ich Lila das nie erzählt.
Sie würde einen Anfall bekommen und darauf
bestehen, dass wir sofort dorthin fahren.

Auch wenn jeder einzelne Laden hier Hosen
verkauft, die so viel wie unsere Miete kosten.

Zum Glück gibt es vor Charlotte's einen
Parkplatz – eine Boutique, in der Dolly mich
treffen möchte.

Dolly steht vor der Boutique mit einem Becher
Starbucks-Kaffee und beobachtet mich beim
Einparken.

Mein paralleles Einparken ist jedoch nicht das
Peinlichste an diesem Moment.

Es ist vielmehr die Tatsache, dass ich die Fahrertür nicht öffnen kann und durch die Beifahrertür aussteigen muss.

Zum Glück habe ich eine enge Jeans an und nichts bleibt an irgendetwas hängen.

"Sie hätten nicht draußen auf mich warten müssen", sage ich.

"Das hatte ich auch nicht vor. Ich wollte nur meinen Kaffee austrinken", sagt Dolly und umarmt mich kurz.

Obwohl sie mindestens fünfundzwanzig Jahre älter ist als ich, fühle ich mich älter, als sie aussieht.

Ich bin ausgezehrt und müde von einem langen und stressigen Arbeitstag, und sie sieht erholt und ausgeruht aus.

Sie trägt ein Paar Louboutins mit roten Sohlen, für die andere Leute sterben würden, und einen engen schwarzen Hosenanzug.

Auch hier ist ihr gesamtes Vermögen zu sehen, angefangen bei ihrem Haar bis hin zu ihrem Fünf-Karat-Diamantring.

Ich weiß eigentlich nicht, wie viele Karat dieser Diamantring hat – ich weiß nichts über Schmuck – aber er sieht groß aus.

Ich habe noch nie einen so großen Ring an einer Person gesehen, aber ich weiß, dass er nicht gefälscht ist.

Sogar am Abend funkelt er mit voller Intensität.

"Tut mir leid, mein Auto ist noch in der Werkstatt", sage ich und entschuldige mich für den beschissenen Honda.

Er steht in krassem Gegensatz zu jedem anderen Auto auf dieser Straße.

Auf dieser Straße sehen BMWs und Mercedes aus, als gehörten sie der Mittelklasse.

"Oh, entschuldige dich nicht, Schätzchen. Es gibt nichts, was dir peinlich sein müsste. Du bist hier, um Geld auszugeben, und solange das der Fall ist, wird dich niemand zweimal anschauen."

Ich höre, was sie sagt, aber ich glaube ihr nicht ganz.

"Dolly, ich habe nachgedacht", sage ich und nehme sie zur Seite, bevor sie die Tür öffnen kann. "Vielleicht ist das keine sehr gute Idee. Der Typ, mit dem Sie mich verkuppeln wollen, hat Geld. Er will mit einer Frau zusammen sein, die weiß, wie man Geld ausgibt. Ich bin nicht so ein Mädchen. So sehr ich Mode liebe, ist hier nicht der richtige Ort für mich. Ich kann mir da drin nichts leisten."

## 18

CHLOE

Sɪᴇ ʜᴏ̈ʀᴛ ᴢᴜ ᴜɴᴅ ɴɪᴄᴋᴛ, ist aber offensichtlich anderer Meinung.

"Ach, sei nicht albern, Chloe. Das Letzte, was dieser Mann, oder irgendein Mann, will, ist eine Frau, die weiß, wie man Geld ausgibt. Und du brauchst für nichts zu bezahlen. Das ist eine Geschäftsausgabe."

Ich zögere immer noch, aber ich höre auf, so viel zu protestieren.

Es wird langsam peinlich.

Ich folge ihr in die Boutique.

"Wir müssen uns Ihre Abendkleider ansehen", kündigt Dolly an. "Sie hat am Samstag ein sehr wichtiges, formelles Event und muss umwerfend aussehen."

Zwei Frauen laufen zu uns hinüber und zeigen uns den hinteren Teil mit der Abendgarderobe.

Sie bieten uns Getränke und Kaffee an, und Dolly nimmt ein Glas Champagner.

Sie sucht drei Kleider aus und schickt mich in die geräumige Umkleidekabine.

Alle warten draußen. Ich ziehe das erste Kleid an.

Hellblau, bodenlang.

Es ist aus luftigem, atmungsaktivem Chiffon und umschmeichelt meinen Körper bei jeder Bewegung.

Als ich nach draußen gehe, lächelt Dolly mit ihrem ganzen Körper.

"Wunderschön", sagt sie.

Ich nicke.

Es ist wirklich atemberaubend.

Ich fühle mich darin wie eine Prinzessin.

"Es ist wunderschön", sage ich.

"Gefällt es dir?"

Ich wirble vor dem Spiegel herum.

Das Kleid hat dünne Träger und hält meine
Brüste in der richtigen Art und Weise fest. Ich
bin nicht sehr gut ausgestattet, aber so wie die
Körbchen geformt sind, würde man es nie
vermuten.

"Ja", sage ich entschieden.

"Perfekt, wir nehmen es", sagt sie, trinkt ihr Glas
Champagner aus und holt ihr Portemonnaie
heraus.

"Was? Aber ich muss noch zwei andere
anprobieren."

"Chloe, ich lebe mein Leben nach einer
bestimmten Philosophie. Wenn man etwas
findet, das man liebt, greift man danach und hält
es fest. Man vergleicht es nicht mit dem, was
andere Menschen haben. Solche Vergleiche

können nur zu Problemen führen. Das ist meine Philosophie in der Liebe und im Leben. Und vor allem bei der Kleidung. Wenn du mir sagst, dass du das Kleid liebst, und ich sehe, wie glücklich du damit aussiehst, was bringt es dann, es mit etwas anderem zu vergleichen?"

Darüber habe ich noch nie nachgedacht, aber wenn ich mir wieder meine Jeans und meine Bluse anziehe, wird mir klar, dass Dolly recht hat.

Vergleiche geben einem nur ein beschissenes Gefühl über das, was man bereits hat.

Ich habe sogar vor kurzem einen Artikel gelesen, in dem stand, dass Menschen, wenn sie eine große Auswahl bei einem bestimmten Produkt haben, oft überwältigt und am Ende weniger glücklich sind, als wenn sie nur ein paar Auswahlmöglichkeiten hätten.

Dolly hat vollkommen recht.

Wow, ich kann nicht glauben, dass ich da noch nicht drauf gekommen bin.

Ich warte, während Dolly das Kleid bezahlt (750 Dollar!) und die Frau es für uns zusammenpackt.

"Und was ich vorhin gesagt habe, gilt vor allem für Männer", sagt Dolly. "Wenn du den Richtigen gefunden hast, verschwende deine Zeit nicht damit, ihn mit jemand anderem zu vergleichen. Es gibt keinen anderen wie ihn, und du wirst nicht herausfinden, ob er der Richtige für dich ist, indem du dich nach außen richtest. Das wirst du nur wissen, wenn du tief in dich hineingehst. Also, was hältst du von der ganzen Sache?", fragt Dolly und reicht mir den Kleidersack vor der Boutique.

"Ich fühle mich gut, denke ich. Ich würde mich besser fühlen, wenn ich wüsste, wer diese Person ist. Oder irgendetwas über ihn. Was macht er beruflich?"

"Tut mir leid, das kann ich dir nicht sagen", meint sie mit einem Achselzucken.

"Warum?"

"Weil es die Qualität des Dates beeinflussen würde."

"Warum? Ist er berühmt oder so etwas? Haben Sie Angst, dass ich ihn vorher googeln werde?"

"Nein, er ist nicht berühmt. Dennoch ist das in der Vergangenheit einige Male passiert. Aber das ist nicht der Grund."

"Warum also?", frage ich ungeduldig.

"Weil er nichts über dich weiß, und es wäre unfair von mir, dir etwas über ihn zu erzählen. Ich möchte, dass es so ... natürlich wie möglich ist."

Ich werfe meine Haare von einer Schulter zur anderen, während ich die Beifahrerseite meines Autos mit dem Schlüssel öffne.

"An der ganzen Sache ist nichts natürlich", sage ich.

Ich erwische sie, wie sie meinen Schlüssel anstarrt.

"Hey, vielleicht lachen Sie jetzt darüber, aber in Zukunft wird dieses Auto ein Relikt sein. Es gibt nicht mehr viele, die man noch mit dem Schlüssel im Schloss öffnen muss", sage ich scherzhaft.

"Sei am Samstag um 19 Uhr im Beverly Hilton Hotel", sagt sie mir, während ich zur Fahrerseite hinüberrutsche.

"Woher soll ich wissen, wer er ist?", frage ich.

"Ich lasse mir etwas einfallen. Er wird dich finden. Hast du Schuhe, die zu diesem Kleid passen?"

"Ja, entweder ich oder meine Schwester. Ich glaube, ich habe einige beige oder schwarze Stilettos, die gut dazu passen."

"Perfekt. Ich wünsche dir ein tolles Date! Ich schicke dir die Details per SMS."

# 19

## CHLOE

Ich fahre mit dem Kleidersack und dem
teuersten Kleid, das ich je in den Händen hielt,
auf dem Sitz neben mir nach Hause.

Alles an dem heutigen Treffen hätte sich
komisch anfühlen müssen. Es hätte sich seltsam
und unangenehm anfühlen müssen.

Und viele Teile davon waren es auch, aber etwas
fühlte sich auch irgendwie richtig an.

Es ist schwer zu erklären, aber ich habe das
Gefühl, dass ich zu dieser Gala gehen sollte.

Auch wenn das letzte Mal, als ich zu einer
solchen Veranstaltung gegangen bin, der
Abschlussball war.

Gerade als ich den perfekten Parkplatz finde, nur eine Straße von meinem Wohnhaus entfernt, klingelt mein Handy.

Es muss Dolly sein. Dieselbe Vorwahl und die ersten paar Nummern kommen mir bekannt vor.

"Hey", antworte ich.

"Hi." Seine Stimme ist kristallklar und lässt mich erschauern. Nein, das kann er nicht sein. Oder?

"Chloe? Bist du da?", fragt er.

"Wer ist da?", frage ich. Meine Stimme bricht. Ich huste ein wenig, um diese Tatsache zu verbergen.

"Finn. Finn Dalton."

Er ist es also.

"Hi. Woher hast du meine Nummer?"

"Von Martha. Ich habe ihr gesagt, dass ich mit dir über etwas reden muss. Ich hoffe, das ist okay."

"Okay", sage ich langsam. Was hätte Finn Dalton mit mir zu besprechen?

"Ich rufe eigentlich wegen der Reinigung an. Du hast gesagt, du würdest meine Sachen in die Reinigung bringen ..."

"Oh mein Gott. Ja, natürlich!" Ich unterbreche ihn und rede viel zu schnell. "Es tut mir sehr, sehr leid. Ich habe die Kleidung bei der Arbeit vergessen."

"Oh ... okay."

"Ist es ein Notfall? Ist es okay, wenn ich sie dir in ein oder zwei Tagen bringe?"

"Ja, das ist in Ordnung. Völlig in Ordnung", sagt er. Aber ich glaube ihm nicht. Seine Stimme ist zögerlich. Er ist nicht glücklich.

Jemand hupt mich an.

Plötzlich wird mir klar, dass ich mitten auf der Straße stehe und noch nicht geparkt habe.

"Warte mal kurz", sage ich und stelle ihn auf laut.

Ich manövriere den Wagen eher schlecht als recht in die Parklücke und fahre dem Wagen neben mir fast in die Seite.

"Scheiße", sage ich laut.

"Geht es dir gut?"

"Oh, Entschuldigung. Ich bin nur im Auto. Paralleles Einparken. Ich bin nicht sehr gut darin."

"Oh, keine Sorge. Ich habe gerade jemanden hupen gehört."

"Ja, es sind etwa vier Autos hinter mir, und sie sind nicht allzu glücklich darüber, wie schrecklich ich parke."

Schließlich habe ich das Auto in die Parklücke gestellt und das Handy in die Hand genommen.

"Ist es also okay, wenn ich dein Auto morgen zur Reinigung bringe? Oder soll ich es heute Abend noch holen?"

"Mein Auto?"

"Ich meine, deine Kleidung." Ich rede jetzt viel zu schnell.

Es ist, als ob mein Mund unabhängig von meinem Verstand arbeiten würde. Wie ist das überhaupt möglich?

"Oh, ja, natürlich. Ich wollte nur nachfragen. Und ehrlich gesagt, du musst es überhaupt nicht tun. Ich kann meine Assistentin darum bitten, es zu übernehmen."

"Deine Assistentin?", frage ich, bevor ich die Chance habe, mich zu fangen.

Natürlich hat er eine Assistentin.

Er ist ein Filmstar.

Ein großer Filmstar.

Was ist los mit dir, Chloe?

"Ja, meine Assistentin. Sie macht so etwas normalerweise für mich."

"Oh, okay, verstanden. Aber das ist nicht nötig. Ich habe gesagt, dass ich es tun werde, und das werde ich auch. Morgen Mittag."

"Okay", sagt er leise.

Plötzlich entsteht es eine lange Pause.

Keiner von uns sagt etwas.

Ich weiß, dass er nur nach einer Möglichkeit sucht, aufzulegen, ohne zu unhöflich zu sein.

Aber aus irgendeinem Grund fällt mir nichts ein.

"Also ... was machst du heute Abend?", fragt er.

Ich hätte fast mein Handy fallen lassen.

"Heute Abend? Ähm, eigentlich nichts", sage ich. "Oh, warte, wie spät ist es?"

"Fast acht."

"Nein, das nehme ich zurück. Ich muss arbeiten. Meine richtige Arbeit. Es ist nicht allzu weit von meiner Wohnung entfernt, aber ich darf nicht zu spät kommen."

"Du hast einen anderen Job?", fragt er.

"Ja. Ich bin Kellnerin im Fat Dog auf der Fairfax. Es ist wie eine Bar/Kneipe."

"Oh, ich glaube, ich weiß, wo das ist. Arbeitest du dort?"

"Ja", sage ich.

"Nun, ich muss mal vorbeikommen und dich in Aktion sehen."

"Na gut", flüstere ich.

Passiert das gerade wirklich?

Wird Finn Dalton wirklich kommen, um mich beim Kellnern zu sehen?

Nein, er will nur nett sein.

Das muss er auch. Oder?

"Arbeitest du dieses Wochenende?", fragt er.

"Ja. Ich meine, nein", sage ich und versuche, mit dem Telefon, dem Kleidersack und meiner Handtasche aus dem Auto zu klettern. Ich habe nicht viel Zeit, und ich muss nach Hause kommen, all diese Sachen fallen lassen, mich umziehen, meine Schürze holen und zur Arbeit laufen.

"Was?"

"Ähm, ich sollte es eigentlich tun, aber ich habe Samstagabend etwas anderes vor. Also muss ich absagen."

Warum stellt er mir all diese Fragen?

Und eine bessere Frage ist, warum zum Teufel erzähle ich ihm das alles?

"Oh, heißes Date?", fragt er kokett.

"Eigentlich ja. Ich schätze schon", sage ich. "Hör zu, ich kann jetzt nicht reden. Ich bin wirklich spät dran. Wir sehen uns morgen, okay?"

"Okay. Arbeite nicht zu hart", sagt Finn und legt auf.

Eine Sekunde lang höre ich der Stille zu, die seine Stimme hinterlassen hat. Es fühlt sich an, als wäre er noch da, aber das ist er nicht.

Und ich bin wirklich spät dran.

## 20

# FINN

Iᴄʜ ʟᴇɢᴇ ᴀᴜғ.

Ich habe sie nicht wirklich wegen der Reinigung angerufen.

Ich konnte mir einfach keinen besseren Grund für einen Anruf einfallen lassen.

Zum ersten Mal in meinem Leben fiel mir nichts Kluges ein, um sie vom Hocker zu reißen.

Was ich jetzt im Kopf habe, ist ihre Verabredung am Samstagabend.

Wer ist dieser Typ?

Was ist, wenn sie ihn wirklich mag?

Zwei Tage später gibt Chloe mir meine Kleider zurück.

Chemisch gereinigt und in perfektem Zustand.

Wir sprechen kaum noch miteinander.

Jedes Mal, wenn ich bei ihrem Wohnwagen vorbeikomme, um über meine Kostüme zu reden, ist jemand da.

"Außer Chloe arbeitet niemand in der Kostümabteilung", erwähne ich eines Nachmittags beiläufig Martha gegenüber. "Vielleicht braucht sie Hilfe."

"Oh, glaubst du nicht, dass sie mit dem Stress in ihrem Job gut zurechtkommt?" Martha schaut mich mit besorgtem Blick an. Das ist nicht das, was ich meine. Scheiße!

"Nein, ganz und gar nicht. Chloe ist großartig. Ich sehe nur, wie beschäftigt sie mit allen ist."

"Oh, ich verstehe." Sie nickt. "Leider haben wir einfach kein Geld im Budget für einen Assistenten übrig."

Das ist so ziemlich das Ende des Gesprächs.

Ich möchte ihnen etwas Geld anbieten, aber ich habe keine wirklich gute Ausrede.

Ich kann der Regisseurin nicht einfach sagen, dass ich möchte, dass sie Chloe einen Assistenten zur Verfügung stellt, weil sie nicht genug Zeit hat, mit mir zu flirten und zu scherzen.

Ah!

Ich war nicht immer so ein Trottel.

Es gab eine Zeit, vor nicht allzu langer Zeit, in der ich wirklich gut mit Mädchen umgehen konnte.

Ich war wirklich gut darin, mir Geschichten auszudenken, um sie dazu zu bringen, das zu tun, was ich will.

Aber etwas ist anders bei Chloe.

Für den Rest der Woche sind die Begegnungen zwischen Chloe und mir oberflächlich. Besser kann man es nicht ausdrücken.

Sie macht ihre Arbeit, ich höre zu.

Ich mache ein paar Witze, sie lacht, aber weiter geht es nie, bis Freitagnachmittag.

Am Set sind die Dinge etwas lockerer, und ich finde, es ist der richtige Moment, sie nach ihrem Date zu fragen.

Sogar ein paar Witze zu machen.

"Du hast also morgen ein heißes Date, was?", frage ich.

"Ja, so was in der Art", sagt sie und schaut auf, nachdem sie eine Krawatte um meinen Hals gebunden hat.

In der nächsten Szene trage ich einen gut sitzenden Anzug.

Ich tue so, als wüsste ich nicht, wie man eine Krawatte bindet, um ihre Hände um meinen Hals zu haben.

Die Wärme, die sie ausstrahlt, ist berauschend.

"Also ... wer ist er? Los, erzähl mir alles ganz genau", sage ich lächelnd.

Unsere Augen treffen sich für eine Sekunde, aber dann zieht sie sich zurück.

"Ich weiß nicht sehr viel über ihn", sagt sie.

Sie will es noch ein bisschen weiter ausführen, aber dann platzt Martha in den Wohnwagen.

"Es tut mir leid, dass ich das hier unterbrechen muss, aber wir haben einen kleinen Notfall", sagt sie und bittet uns beide ans Set.

Es gibt keinen wirklichen Notfall. Lindsey hat einen Anfall wegen ihrer Hochzeit.

Sie hat ein bisschen zu viel getrunken.

Ich beruhige sie, so gut es geht, und nach ein paar Tassen Kaffee drehen wir die Szene tatsächlich.

Leider wird bei all der Aufregung das Gespräch zwischen Chloe und mir unterbrochen und ist nicht mehr zu retten.

Ich werde wohl bis Montag warten müssen, um mehr über ihre Verabredung zu erfahren.

---

Ich muss mich um meine eigene Verabredung Gedanken machen.

Der Samstagabend schleicht sich an mich heran, ehe ich mich versehe.

Zum Glück wird mein Anzug früher abgegeben und hängt im Schrank für mich bereit.

Meine Haushälterin ist die beste.

Ich fange gegen fünf Uhr an, mich fertig zu machen, und ich bin um etwa 19:00 Uhr fertig. Das Hotel ist nicht so weit von meiner Wohnung entfernt.

Ich komme gerade noch rechtzeitig an. Nachdem ich mein Auto abgegeben habe, gehe ich durch die Lobby in Richtung Bar am Ende des Eingangs.

Der Raum ist voller unruhiger Gäste und prachtvoll gekleideter Frauen.

Ich will ehrlich sein.

Trotz der vielen schönen Mädchen, die mich anlächeln und mir zuwinken, ist mir ein wenig langweilig.

Ich bin nicht wirklich in der Stimmung, mich mit einem Mädchen zu unterhalten, an dem ich sicher kein Interesse haben werde.

Meine Gedanken sind nach wie vor bei Chloe.

Ich frage mich, was sie wohl trägt. Ich frage mich, mit wem sie ausgeht. Ich frage mich, wo sie hingehen.

Und ich möchte mehr als alles andere dieser Typ sein.

Leider bin ich es nicht.

Ich bin, wer ich bin – jemand, der sich nirgendwo vor jemandem verstecken kann.

Jemand, der fast überall erkannt wird, wo er hingeht.

Jemand, der immer höflich sein muss, sonst hat er den Ruf, unfreundlich zu den Fans zu sein.

Ein hochnäsiger Mensch. Ein arroganter Promi.

Ich setze mein schönstes falsches Lächeln auf und bestelle einen Drink.

"Scotch on the rocks", sage ich zu dem Barkeeper.

Als er mich sieht, merke ich sofort, dass er mich erkennt, aber seine Manieren sind zu gut, um ein Wort zu sagen.

Solche Leute schätze ich am meisten.

Ich nehme einen Schluck von meinem Scotch und genieße seine herrliche Wärme, die mir die Kehle hinunterläuft.

Ich schaue mich im Raum um, auf der Suche nach dem Mädchen, das Dolly gestern Abend in ihrer Nachricht beschrieben hat.

Sie hat langes, hellbraunes Haar und wird ein blaues Kleid tragen.

Sie wird an der Bar auf mich warten.

Ich hasse die Tatsache, dass ich den Namen dieses Mädchens nicht kenne.

Warum hat Dolly ihn mir nicht gesagt?

Wahrscheinlich, weil sie meinen nicht sagen konnte.

Die Bar befindet sich in der Mitte des Raumes und macht einen Bogen.

Ich kann etwa die Hälfte der Leute, die auf der anderen Seite sind, nicht sehen.

Ich nehme noch einen Schluck, bevor ich aufstehe und mich auf die andere Seite begebe.

Als ich um die Ecke komme, sehe ich jemanden, auf den die Beschreibung passt.

Sie schaut von mir weg.

Sie ist nicht so groß wie ein Modell, aber sie hat eine schöne Figur.

Ihr Haar ist zu einer Seite gekämmt, wodurch ein zarter und eleganter Hals zum Vorschein kommt.

"Entschuldigen Sie, Miss", sage ich, als ich mich ihr nähere. "Ich glaube, ich bin hier, um Sie zu treffen."

Das Mädchen dreht sich um, und mir fällt die Kinnlade hinunter.

"Finn?", fragt sie.

Es ist Chloe.

Ich bin fassungslos.

"Was machst du hier, Finn?", fragt sie.

Ihr Gesichtsausdruck zeigt, dass sie das Ausmaß dessen, was hier vor sich geht, nicht versteht.

"Ich glaube, ich bin dein Date", sage ich langsam. "Es sei denn, das ist ein großer Zufall."

Es kostet mich unglaubliche Kraft, jedes einzelne Wort auszusprechen.

"Was?", fragt sie etwas erstaunt. "Wovon sprichst du?"

## 21

---

## FINN

"Du siehst wunderschön aus", sage ich leise.

Eher bezaubernd.

Ich kann meine Augen nicht von ihr lassen.

Ihre Haut hat einen herrlichen Glanz.

Ihre großen Augen glitzern in dem abgedunkelten Raum.

Und diese Lippen.

Klein, nicht zu prall, aber dennoch atemberaubend.

"Danke." Sie errötet. "Finn, ich bin eigentlich hier, um meine Verabredung zu treffen."

"Oh", sage ich.

"Ich weiß nicht wirklich, wer er ist, wenn er mich also sieht, soll er nicht denken, dass wir zusammen sind."

"Okay", sage ich. "Nun, wenn es dir nichts ausmacht, nehme ich einfach diesen Platz neben dir ein und trinke meinen Drink aus."

Die Falte in ihrem Gesicht sagt mir, dass sie darüber nicht sehr glücklich ist.

Ich setze mich hin und sehe sie wieder an.

Hat Dolly das wirklich getan?

Wie zum Teufel ist das passiert?

"Du starrst mich an", sagt Chloe.

"Ich weiß. Ich kann nicht anders."

Sie rollt mit den Augen.

"Wo ist deine Verabredung?", fragt sie.

Das ist mein Moment.

Um ihr zu sagen, dass sie es ist.

Aber aus irgendeinem Grund will ich das nicht.

Ich sollte es tun.

Natürlich sollte ich das tun.

Aber etwas hält mich zurück.

Und wenn ich es nicht tue?

Was, wenn sie nicht weiß, dass sie mein Date ist?

Das ist eine schreckliche Idee.

Furchtbar.

Du musst ihr die Wahrheit sagen.

"Ich bin allein hier", sage ich nach einem Moment.

"Oh, ja, natürlich, Ariel. Es tut mir so leid, das habe ich völlig vergessen."

"Und was ist mit dir? Hast du ein Blind Date?"

"Ja, ich denke schon. Es ist eigentlich so dumm. Ich bin mit meinem Auto in diese Frau gerast, die sich als Partnervermittlerin entpuppte."

"Was?"

"Ja, wer hätte gedacht, dass es diese Leute noch gibt? Aber sie war eigentlich sehr nett. Wir kamen ins Gespräch, und dann bestand sie darauf, dass sie genau den richtigen Mann für mich hat."

"Also, ist das dein erstes Blind-Date?", frage ich.

"Ja. Irgendwie seltsam, ich weiß. Eine formelle Veranstaltung war nicht meine Idee, das kann ich dir sagen. Aber irgendwie habe ich mich dazu verleiten lassen", sagt Chloe und trinkt ihren Martini zu Ende.

"Komisch, du scheinst nicht die Art von Mädchen zu sein, die man leicht zu etwas überreden kann", sage ich.

Ich zwinkere ihr zu.

Setze meinen Charme ein.

Aus jahrelanger Erfahrung habe ich gelernt, dass Mädchen nichts lieber tun, als sich etwas sagen zu lassen wie "Du scheinst nicht wie die Art von Mädchen zu sein, die ...". Aber Chloe kauft es mir nicht ab.

Sie rollt nur verärgert mit den Augen.

"Funktioniert das bei anderen Mädchen?",
fragt sie.

"Funktioniert was?"

"Ist das deine Art, charmant zu sein?"

"Naja, die meiste Zeit", gebe ich widerwillig zu.
"Aber ich merke, dass es bei dir nicht
funktioniert. Wie wäre es damit? Lass mich dir
einen Drink spendieren, um mich zu
entschuldigen."

Sie lächelt und schüttelt den Kopf.

"Nein? Und warum nicht?"

"Weil meine Verabredung bald kommt. Er wird
jeden Moment hier sein."

"Na und? Ist es dir nicht erlaubt, mit einem …
Kollegen etwas zu trinken?" Ich habe einen
Moment gebraucht, um genau das richtige Wort
für unsere Beziehung zu finden.

"Oh, sind wir beide das?", fragt sie. "Kollegen?"

"Ja, natürlich!"

"Nein, das glaube ich nicht", sagt sie geringschätzig.

"Und warum nicht?"

"Weil, weil, weil ... du Finn Dalton bist. Du hast mit deinem letzten Film 20 Millionen Dollar verdient? Ich lebe mit meiner Schwester in einer Wohnung mit zwei Schlafzimmern, und ich kann kaum jeden Monat meinen Mietanteil bezahlen. Und der ist ein Tausender."

"Nun, technisch gesehen habe ich bei meinem letzten Film null Dollar verdient. Denn für den, an dem wir jetzt arbeiten, bekomme ich nichts bezahlt."

"Eh, das macht nichts." Sie winkt ab.

"Du lässt mich dir also keinen Drink ausgeben, weil wir keine gleichwertigen Kollegen sind? Das erscheint mir sehr unfair. Für mich ist das sehr ungerecht."

"Nun, das Leben ist nicht fair. Gewöhne dich lieber daran."

"Aber siehst du, das Leben war mehr als nur ein bisschen fair zu mir. Und ich habe einfach keine Erfahrung damit, wie unfair es ist."

"Dann sollte ich also einfach jeder deiner Launen und Wünsche nachgeben?", fragt sie.

Wow, diese Unterhaltung wird sexy.

Ich habe nicht erwartet, dass es schon so weit sein würde, aber mir gefällt es irgendwie.

"Das wäre ein schöner Anfang", sage ich und richte meine Augen auf ihre.

Sie schaut zuerst weg.

"Entschuldigung, holen Sie mir bitte noch einen Scotch auf Eis? Und noch einen von diesen", sage ich und zeige auf Chloes leeres Glas.

"Noch einen Granatapfel-Martini?", fragt der Barkeeper Chloe.

Sie nickt und zeigt sich ergeben.

Als unsere Getränke fertig sind, schaue ich auf meine Uhr.

Es ist fast Zeit für den Veranstaltungsbeginn.

"Also, wie spät ist deine Verabredung?", frage ich.

Sie greift nach meiner Hand und schaut auf die Uhr.

Dann schüttelt sie den Kopf und kräuselt die Nase.

Ich bekomme eine Gänsehaut auf meinem Arm, als sie mein Handgelenk berührt.

Ihre Finger sind eiskalt, aber das Erschaudern hat nichts mit der mangelnden Wärme zu tun.

Es ist der Reiz, sie tatsächlich zu berühren.

"Scheiße", flüstert sie.

"Spät dran, hm?"

"Sehr spät."

Chloe lässt den Kopf ein wenig hängen und dreht sich von mir weg.

Für eine Sekunde denke ich, dass sie weinen wird.

Ich will alles zurücknehmen.

Diesen blöden Witz.

Ich weiß nicht einmal, warum ich das getan habe.

Ich hätte ihr einfach die Wahrheit sagen können.

Ich hätte es tun sollen.

Ich sollte es jetzt tun.

"Vielleicht ist er gekommen, hat mich einmal angeschaut und ist dann gegangen?", fragt sie und dreht ihren Kopf zu meinem.

"Das ist unmöglich. Hör zu, ich muss jetzt reingehen. Ich bekomme eine Auszeichnung vom Gouverneur."

"Oh, du? Ja, wirklich? Herzlichen Glückwunsch!"

"Und ich habe keine Verabredung. Warum kommst du nicht mit mir?"

"Was? Ich? Nein, ich kann nicht."

"Du kannst nicht einfach weiter hier sitzen und auf ihn warten. Komm mit mir rein. Hör dir meine langweilige Rede an. Wir werden etwas essen. Noch ein paar Drinks. Komm, du wirst mir einen Gefallen tun. Und wenn dieses

Arschloch jemals auftaucht, wird er derjenige sein, der auf dich warten muss."

"Bist du sicher?"

"Ja."

"Du tust das nicht nur, weil ich eine erbärmliche Person bin, die bei einer Gala versetzt wurde, oder?"

"Natürlich! Warum sonst?", scherze ich.

Sie lächelt.

"Aber ich tue es auch, weil ich gerne die umwerfendste Frau im Raum als mein Date haben möchte."

Sie sieht mich an.

Einen Moment lang glaubt sie mir.

Ich sage die Wahrheit, schütte ihr mein Herz aus, und sie glaubt mir tatsächlich.

Aber dann breitet sich ein großes Lächeln in ihrem Gesicht aus.

"Ja, genau. Ich wette, mit so einem Spruch hast du viele Mädchen ins Bett bekommen."

Ich nicke. "Erwischt."

Ich bin ein Feigling, weil ich mich hinter dem Humor verstecke.

"Okay", sagt sie nach einem Moment. "Aber nur, wenn ich nicht störe."

## 22

## CHLOE

Wir betreten den Ballsaal, Arm in Arm. Passiert das wirklich?

Gebe ich tatsächlich vor, Finn Daltons Date bei dieser Wohltätigkeitsveranstaltung zu sein?

Ich bin ein wenig verärgert darüber, dass Dollys Date nicht aufgetaucht ist, aber Finn als Ersatz zu haben, übersteigt meine kühnsten Träume.

Natürlich ist Finn nicht wirklich ein Ersatz.

Es hat nichts Romantisches an sich.

Obwohl es ziemlich aufregend ist, dass jeder im Raum denkt, dass ich heute Abend sein Date bin.

Das ist das Coolste, was mir je passiert ist.

"Wir sind ganz vorne", flüstert er mir ins Ohr.

Mein Arm ist am Ellbogen um seinen geschlungen.

Ich spüre, wie stark sein Arm ist, kraftvoll und definiert.

Ich habe gesehen, wie kräftig sein Körper ist, und während ich neben ihm hergehe, kann ich es sogar spüren, während wir uns zwischen den Tischen bewegen.

Eine Sekunde lang vergesse ich zu atmen.

Der Beginn des Abends ist verschwommen.

Es ist, als wäre ich hier, aber ich bin auch nicht hier.

Ich sehe, wie der Gouverneur von Kalifornien Finn vorstellt und über all das Geld spricht, das er für die Leukämieforschung gesammelt hat.

Alle hören zu und klatschen.

Dann geht Finn nach oben und spricht.

Als er mir ein Lächeln vom Podium aus zuwirft, spüre ich einen Funken von Elektrizität durch meinen ganzen Körper jagen.

"Vielen Dank, Herr Gouverneur, für diese freundlichen Worte", sagt Finn. "Und vielen Dank an die Amerikanische Leukämie-Stiftung dafür, dass Sie mir diese Ehre zuteilwerden lassen. Aber wie viele von Ihnen in diesem Raum gilt die wirkliche Ehre den tapferen Frauen und Männern, die jeden Tag gegen diese Krankheit kämpfen. Ich wusste nichts über Leukämie, bis bei meinem besten Freund Shawn die Diagnose gestellt wurde. Aber ihm zuzusehen, wie er so tapfer für sein Überleben kämpfte, hat mein Leben verändert. Shawn hat sein Leben verloren, aber sein Vermächtnis lebt weiter. In meinem Herzen und in den Herzen so vieler Menschen, die ihn geliebt haben. Und das ist der Grund, warum wir alle das hier tun, nicht wahr? Um zu verhindern, dass Menschen im ganzen Land einen unnötigen Tod wie den seinen erleiden. Wenn es Ihnen also nichts ausmacht, möchte ich diese Gelegenheit nutzen und diesen Preis meinem Freund Shawn widmen – dessen Geist weiterlebt."

Der Saal explodiert vor Beifall.

Ich klatsche so heftig, dass meine Hände anfangen zu schmerzen.

Irgendwo inmitten der ganzen Flut an Liebe spüre ich ein Kribbeln im hinteren Teil meiner Kehle.

Tränen beginnen sich in meinen Augen zu sammeln, und so sehr ich auch versuche, sie zurückzuhalten, rinnt mir eine über die Wange.

Ich wische sie schnell weg, aber nicht bevor Finn sie gesehen hat.

"Das war eine wunderbare Rede", sage ich so fröhlich, wie ich nur kann.

"Danke. Geht es dir gut?" Er lehnt sich eng an mich heran.

Wir sind uns so nahe, dass ich seinen Atem auf meinen Lippen spüre.

Ich zucke zurück.

"Ja, es geht mir gut. Das war einfach so schön, was du gesagt hast."

"Danke. Es war eine sehr schwierige Sache, die ich verarbeiten musste", sagt Finn.

"Weinst du?", fragt er und lehnt sich noch näher zu mir. Als ob das physisch möglich wäre.

"Alles gut", lüge ich.

"Er war ein wirklich guter Freund von mir. Wir haben uns im Kindergarten kennengelernt. Wir waren über die Jahre hinweg Freunde, während wir erwachsen wurden."

"War er auch Schauspieler?"

"Nein, ein ganz normaler Typ. Bei ihm wurde Leukämie diagnostiziert, als wir beide dreiundzwanzig Jahre alt waren. Er hatte gerade seinen ersten Vollzeitjob begonnen. Er wollte Immobilienmakler werden. Er hat es nicht einmal ein Jahr geschafft."

"Das ist schrecklich", sage ich.

"Es kam so plötzlich. Hat seine ganze Familie getroffen, uns alle, völlig unvorbereitet."

Jetzt sieht er traurig aus. Seine Lippen werden an den Rändern ein wenig rot, und seine Augen werden feucht. Aber er kann es viel besser verbergen als ich. Eine Sekunde vergeht, und es scheint verschwunden.

"Lass uns nicht weiter darüber reden. Es tut mir leid. Es tut dir leid. Nichts davon wird Shawn zurückbringen. Und da ich ihn so gut kenne, kann ich dir eines sagen. Er würde nie wollen, dass wir so um ihn trauern."

"Oh, ja? Was würde er also wollen?"

Die Musik, die von der Tanzfläche kommt, wird ein wenig lauter, und ich werde mir plötzlich der Welt um uns herum bewusst.

"Tanzen."

"Tanzen?"

"Ja, wenn Shawn hier wäre, würde er dich in die Arme nehmen und dich herumwirbeln. Und ich weiß, dass er mich für einen Idioten halten würde, wenn ich nicht genau das Gleiche täte."

"Also gut." Ich nicke. "Dann lass uns tanzen. Für deinen Freund Shawn."

Er nimmt meine Hand und zieht mich auf die Tanzfläche.

Es braucht nur eine Hüftbewegung, und ich weiß sofort, dass er ein erstaunlicher Tänzer ist.

Finn ist so leichtfüßig.

Er bewegt sich mit Anmut und Entschlossenheit.

Seine Hüften bewegen sich völlig unabhängig von seinen Schultern, und sein Hintern folgt einem ganz anderen Takt als seine Füße.

"Du hast mir nicht gesagt, dass du so ein guter Tänzer bist", sage ich.

"Du hast nicht gefragt."

"Welche anderen Talente verheimlichst du mir noch?", frage ich.

Normalerweise bin ich nicht so vorlaut, aber ich habe ein bisschen zu viel getrunken.

Plötzlich ertönt ein langsames Lied.

Er nimmt mich in seine Arme.

Ich streiche mit den Fingern über seinen harten Bizeps und taste mich zu seinem Rücken.

Sogar durch sein frisches, gestärktes weißes Hemd und seinen Anzug hindurch kann ich die Muskeln in seinem Rücken spüren.

Hält mich Finn Dalton wirklich fest?

Das Adrenalin fängt an, durch meinen Körper zu strömen, und mir wird leicht schwindlig.

Ich habe das Gefühl, ich werde ohnmächtig.

## 23

CHLOE

"ICH FÜHLE MICH NICHT ...", sage ich und stolpere.

Die Welt wird schwarz.

Als ich wieder aufwache, sitze ich am Tisch, und Finn hockt neben mir auf dem Boden.

Sein Gesicht ist nahe an meinem.

Seine Augen sehen besorgt aus.

Wie versteinert.

"Geht es dir gut?", fragt er immer wieder.

Ich atme tief ein.

"Was ist passiert?"

"Du bist in meinen Armen einfach umgefallen. Ich bin mir nicht ganz sicher."

"Bin ich ohnmächtig geworden?", frage ich langsam.

"Ich glaube schon. Vielleicht. Für eine oder zwei Sekunden."

"Oh mein Gott, wie peinlich." Ich glaube, ich sage es im Stillen oder zumindest kaum hörbar.

Aber anscheinend habe ich das nicht getan.

"Nein, das ist es nicht. Es gibt nichts, was dir peinlich sein muss."

Ich muss mich zusammenreißen.

Ich richte in meinem Stuhl auf und glätte mein Kleid.

Als ob das alles besser machen würde.

Ich nehme einen Schluck Wasser.

Dann schaue ich zu ihm auf.

Er ist immer noch da.

Er hat sich nicht bewegt.

Er sitzt vor mir mit einem Knie auf dem Boden.

Die Position, die Männer einnehmen, wenn sie einen Antrag machen wollen.

Ich nehme seine Hände in meine und führe ihn zu seinem Stuhl.

"Es geht mir gut, wirklich", sage ich.

Sein Gesicht zeigt eine gewisse Erleichterung.

Die Linien zwischen seinen Augenbrauen glätten sich, und ein kleines Lächeln bildet sich auf seinem Mund.

Das ist mir noch nie aufgefallen, aber sein Lächeln ist ein wenig schief.

Eine Seite seines Mundes geht etwas höher als die andere. Es ist liebenswert und schön.

Ich habe den unbändigen Drang, ihn zu küssen, aber ich glaube, ich habe mich für einen Tag schon genug in Verlegenheit gebracht.

Ein paar Haarsträhnen fallen ihm in die Augen.

Er schiebt sie wieder zurück an ihren Platz.

Seine Augen fangen das Licht ein, und ich sehe mein verwirrtes Gesicht in ihnen.

"Ich glaube, ich muss nach Hause gehen", sage ich. "Du hast eine wunderbare Rede gehalten. Danke, dass du mich eingeladen hast, sie zu sehen."

Er schüttelt den Kopf. Ist da ein Hauch von Enttäuschung in seinem Gesicht? Nein, das kann nicht sein.

"Okay, ich bringe dich zum Parkwächter."

Ich will gerade protestieren, aber zu ein paar weiteren Minuten mit ihm kann ich nicht nein sagen.Für einen Moment hört er in meinen Gedanken auf, Finn Dalton, der Filmstar, zu sein, und wird zu Finn, einem wirklich heißen Typen, von dem ich glaube, dass er mir gefällt.

Nein, ich weiß, dass er mir gefällt.

Aber dann schaltet sich mein Verstand wieder ein.

Er ist nicht irgendein Typ, der mich zum Parkwächter bringen will.

Er ist immer noch ein Filmstar, und ein Filmstar wird nicht an mir interessiert sein.

Zumindest nicht dieser.

Ich habe die Boulevardblätter gesehen.

Ich habe die Mädchen gesehen, mit denen er ausgegangen ist.

Ich habe Bilder von Ariel Chantal gesehen.

Nein, er ist nur ein netter Kerl.

Finn ist einfach ein unglaublich netter Kerl.

Wir gehen Arm in Arm aus dem Gebäude.

Finn nimmt mich am Arm und lässt nicht los, bis ich dem Parkwächter mein Ticket übergebe.

"Bist du sicher, dass du fahren kannst?", fragt er. Ich nicke.

"Vielen Dank für den Abend", sage ich und wende mich an ihn. "Weißt du, du bist ein toller Kerl."

"Oh, ja?" Er schmunzelt.

Da ist wieder diese sexy Arroganz.

"Ja. Diese Nacht hätte wirklich beschissen sein können. Versetzt zu werden und so. Und nicht nur bei einer Verabredung zum Essen. Bei einer verdammten Wohltätigkeitsveranstaltung! Ehrlich gesagt, es fühlte sich irgendwie so an, als wäre ich beim Abschlussball versetzt worden. Aber dann kamst du und hast mich eingeladen, deine Rede zu hören. Ich möchte dir jetzt für alles danken, was du machst. Denn ich könnte es bei der Arbeit vergessen."

Finn schaut mir direkt in die Augen.

Er neigt seinen Kopf ein wenig.

Wir stehen so nah beieinander, dass ich seinen Atem auf meinen Lippen spüre.

Er fährt mit seinen Fingern an meinem Hals entlang.

Ganz sanft.

Ich halte den Atem an.

DANN FÄHRT er mit den Fingern über meine Unterlippe.

Er richtet seine Augen auf meine Lippen und dann wieder auf meine, als ob er mich um Erlaubnis bitten würde, mich zu küssen.

Ich schließe meine Augen und warte.

"Ma'am? Ihr Auto?", sagt jemand.

Der Parkwächter!

Der verdammte Parkwächter!

Was macht er hier?

Er hat den Zauber zwischen uns gebrochen.

Ich will in mein Auto steigen und ihn dafür überfahren. Es wäre gerechtfertigt.

Die Geschworenen würden mich niemals verurteilen, wenn sie alle Details des Moments hören würden, den er gerade ruiniert hat.

Anstatt das zu tun, nicke und lächle ich und ziehe mich von Finn zurück.

"Danke", sage ich höflich.

Ich nehme das Ticket und suche in meiner Handtasche nach etwas Trinkgeld.

Als ich zur Fahrertür des verbeulten Hondas meiner Schwester gehe, wird mir plötzlich klar, dass ich zur Beifahrerseite zurückgehen muss, um hineinzukommen.

Als ich mich umdrehe, landet mein Absatz genau in dem großen Spalt im Boden. Ich stolpere und greife nach dem Auto, um mich zu fangen.

"Vielleicht ist das keine so gute Idee." Finn läuft zu mir rüber.

"Was?"

"Ich werde sie mitnehmen", sagt er entschlossen zum Parkwächter, bevor ich überhaupt antworten kann.

Es ist keine Frage.

Es ist einfach eine Aussage.

"Können Sie bitte den Wagen wieder auf den Parkplatz stellen? Wir holen ihn morgen", sagt Finn und übergibt dem Parkwächter etwas Geld. "Und hier ist mein Ticket."

Ich folge Finn zurück zur Bank vor dem Hotel, um auf die Rückkehr des Parkwächters zu warten.

Eine Zeit lang sagt keiner von uns beiden etwas.

"Ich hoffe, dass das für dich in Ordnung ist", sagt Finn schließlich. "Aber ich glaube, du hast ein bisschen zu viel getrunken, um zu fahren. Es ist nicht sicher."

Ich nicke und starre weiter geradeaus.

Ich fürchte, wenn ich den Mund aufmache, um ein Wort zu sagen, werde ich das große Lächeln, das sich auf meinem Gesicht abzeichnet, nicht verbergen können.

Ich fürchte, wenn ich mich zu ihm umdrehe, werde ich meine Arme nicht mehr zurückhalten können, und sie werden sich in einer warmen Umarmung um ihn herumwerfen.

Nein, stattdessen bleibe ich vollkommen ruhig.

Ich bin vollkommen ruhig.

Finn sagt kein Wort mehr.

Ich spüre, wie er mich aus den Augenwinkeln betrachtet, aber es sind nur kurze, gelegentliche Blicke.

## 24

## CHLOE

Endlich kommt der Parkwächter mit einem prächtigen, silbernen Cabriolet mit langen Seiten und schönen Rundungen zurück.

Finn öffnet mir die Tür und gibt dem Parkwächter etwas, das wie ein 100-Dollar-Schein aussieht.

"Was für ein Auto ist das?", frage ich, während wir vom Parkplatz fahren.

Die Ledersitze, die die Farbe von Bitterschokolade haben, scheinen mit meinem Körper fast zu verschmelzen.

"2016 Aston Martin DB9 GT Volante Cabrio", sagt Finn und schaut geradeaus.

"Es ist wirklich schön", sage ich.

"Vielen Dank. Wo wohnst du?"

Ich gebe ihm meine Adresse.

"Weißt du, du hättest mich wirklich nicht mitnehmen müssen."

"Ich weiß, aber ich will es. Weißt du nicht, dass es nicht gut ist, betrunken zu fahren?"

Ich atme tief ein.

Natürlich weiß ich das.

Hält er mich für einen Idioten?

Aber das war nicht der Grund, warum ich gestolpert bin.

Und das war nicht der Grund, warum ich mich die ganze Nacht nicht wohl gefühlt habe.

Ich meine, wer würde das schon?

Ich wurde bei einer Wohltätigkeitsveranstaltung versetzt.

Dann fragte mich einer der größten Filmstars der Welt, ob ich sein Date sein wollte.

Aber das ist natürlich nichts, was ich ihm erklären kann. Ich bezweifle, dass er das nachvollziehen kann.

"Kann ich dich etwas fragen?", fragt Finn.

"Klar."

"Willst du zu mir kommen? Und abhängen?"

"Was meinst du?"

"Ich dachte nur, dass wir uns beim Tanzen amüsiert haben. Wir verstehen uns gut und so weiter. Also habe ich mich gefragt, ob du mit mir abhängen möchtest."

Ich zucke mit den Achseln.

Ich weiß nicht wirklich, wie ich ihm antworten soll.

Ich sollte nein sagen.

Es ist zu unangenehm.

Was ist, wenn etwas schief geht?

Wie komme ich dann nach Hause?

Das ist die vernünftige und rationale Seite meines Gehirns, die da spricht, aber dann kommt die andere.

Die, die sagt: "Warum nicht? Du magst ihn doch."

Was ist das Schlimmste, was passieren kann?

"Klar", sage ich, bevor ich das Ganze zu Ende gedacht habe.

Oh, Scheiße, sage ich mir gleich danach.

"Ausgezeichnet!" Ein großes breites Lächeln erhellt sein Gesicht.

Selbst im Dunkeln sind seine Zähne funkelnd weiß.

Ich schaue aus dem Fenster, als wir nach links auf eine der Straßen abbiegen, die in die Hollywood Hills führen.

Ich war schon oft hier, mehrmals.

Es gibt einen wunderschönen Park namens Runyon Canyon, in dem Lila und ich oft wandern gehen.

Es gibt nur einen schmalen Pfad, der nach oben führt. An den Wochenenden wird es ziemlich voll, weil fast jeder in LA dorthin zu gehen scheint.

"Wie weit ist der Runyon Canyon von deinem Haus entfernt?", frage ich.

"Etwa zehn Minuten oder so, je nach Verkehr."

Ich lächle. Die Entfernung zwischen den einzelnen Orten in LA variiert stark, je nach Verkehrsaufkommen.

Wir fahren eine Weile durch völlige Dunkelheit.

Die Hollywood Hills sind ziemlich schroff und wild.

Auch wenn es an jeder Ecke Multimillionen-Dollar-Häuser gibt, ist es auch nicht ungewöhnlich, nachts Kojoten heulen zu hören.

Auch Berglöwen spuken hier bekanntlich herum.

"Ich bin erst vor kurzem in dieses Haus eingezogen", sagt Finn, als sich das Tor zu seinem Haus vor uns öffnet. "Aber ehrlich gesagt bin ich mir nicht so sicher, ob ich lange bleiben werde."

"Oh, ja? Warum das?"

"Ich war hin und her gerissen zwischen hier und Malibu. Und je länger ich hier bleibe, desto mehr möchte ich nach Malibu ziehen."

"Wenn man ein Haus am Strand bekommt, kann man jeden Tag surfen gehen."

"Genau das denke ich auch", sagt er.

Finn parkt in der Einfahrt und führt mich hinein.

Ich betrete ein zeitgenössisches Meisterwerk mit himmelhohen Decken, Lichtkuppeln und Glaswänden.

Die erste Etage ist der Entertainmentbereich mit einem formellen Ess- und Wohnzimmer, das sich zu einer Veranda mit einer Bar und einem Bett öffnet.

Jedes Zimmer des Hauses hat einen Panoramablick auf LA unter uns.

Ich folge ihm in die Gourmetküche mit allem aus Edelstahl, einer riesigen Insel und einer gemütlichen Frühstücksecke.

"Wow, dein Haus ... es ist atemberaubend", sage ich und schaue mich um.

Mir wird klar, dass ich kein Wort gesagt habe, seit er mich hineingeführt hat, aber das liegt daran, dass ich für ein paar Minuten die Fähigkeit zu sprechen verloren habe.

"Danke", sagt er. "Es ist sehr schön."

Ich versuche zu verbergen, wie beeindruckt ich von diesem Haus bin, aber ich finde es ein wenig schwierig, in seiner Nähe unehrlich zu sein.

Finn scheint alles in mir zum Vorschein zu bringen, was ich täglich so sehr versuche, zu verbergen.

Ich wende mich ihm zu.

Er steht neben dem Kühlschrank.

Das einzige Licht, das sein schönes Gesicht erhellt, kommt aus dem offenen Kühlschrank.

"Kann ich dir etwas zu trinken anbieten?", fragt er. Ich habe für einen Abend genug getrunken, entscheide ich.

"Ich hätte gerne ein Wasser, wenn du eins hast."

"Oh, ja, natürlich." Er zwinkert mir zu. Er gibt mir eine Flasche Perrier.

"Kann ich dich etwas fragen?", frage ich, nachdem ich die Hälfte der Flasche ausgetrunken habe.

Meine Lippen und mein Mund sind immer noch trocken, aber ich fühle mich etwas weniger dehydriert.

"Klar. Alles."

"Alles?," frage ich scherzhaft.

Finn zieht sein Jackett aus und löst seine Krawatte.

Dann zieht er sie über seinen Kopf.

"Ich hoffe, es macht dir nichts aus", sagt er und zeigt auf das, was er gerade getan hat. Es stört mich kein bisschen.

Jetzt, wo er nur noch ein Hemd trägt, kann ich die Umrisse seiner starken Arme und breiten Schultern sehen.

Mir wird wieder heiß.

Ich nehme noch einen Schluck Wasser.

"Ich habe noch mehr, falls du durstig bist."

Er öffnet eine weitere Flasche und schaut mich an.

"Und?", fragt er.

"Und was?"

"Was wolltest du mich fragen?"

## 25

## CHLOE

"Oh ja, stimmt." Ich atme tief ein. "Ich frage mich nur, ... warum du mich hierher gebeten hast."

Finn stellt das Wasser ab und geht ein paar Schritte auf mich zu.

Aus irgendeinem unerfindlichen Grund trete ich einen Schritt zurück.

"Was machst du da?", frage ich.

Er sagt kein Wort.

Stattdessen geht er einen weiteren Schritt auf mich zu.

Jetzt stehe ich mit dem Rücken an der Tür der Speisekammer.

Er steht so nah bei mir, wie wir uns beim Tanzen waren.

Ich kann spüren, wie er mit meinem Körper atmet.

"Ich mag dich, Chloe", sagt er ganz langsam und bedächtig.

Ich beiße mir auf die Unterlippe.

Er nimmt seine Hand und fährt mit den Fingern an meinem Hals entlang.

Ich schließe meine Augen.

Ich fühle seinen Finger an meiner Unterlippe.

Wenn das überhaupt möglich ist, rückt er sich noch näher an mich heran.

Als ich meine Augen öffne, sehe ich, wie er seine schließt.

Seine Wimpern sind lang und zart, und sein Gesicht ist völlig entspannt.

Seine Lippen berühren meine, ganz leicht.

Fast ohne meine Zustimmung beginnt mein Mund, sich mit seinem zu bewegen. Seine Lippen sind weich und kräftig und drücken gegen meine. Zuerst ist er sanft. Er lässt sich Zeit.

Seine Zunge bahnt sich langsam ihren Weg und findet meine, aber dann gewinnt unser Tanz an Kraft.

Er vergräbt seine Hände in meinen Haaren, stützt meinen Kopf und führt ihn, wie er es für richtig hält.

Es ist, als ob er von mir Besitz ergreifen würde, und ich lasse ihn gewähren.

Ich will, dass er es tut.

Es fühlt sich gut an, einmal nicht die Kontrolle zu haben.

Für einige Augenblicke hört der Rest der Welt auf zu existieren.

Es gibt nur noch Finn und mich, und solange unsere Lippen verbunden bleiben, ist alles andere egal.

Aber dann zieht er sich zurück.

Er schaut mir in die Augen, und ich erinnere mich, dass es da draußen eine ganz andere Welt gibt.

Vielleicht ist das, was wir haben, flüchtig und zart und kann jeden Moment verschwinden.

"Das wollte ich schon lange tun", sagt Finn.

"Wirklich?"

"Ja. Seit ich dich zum ersten Mal gesehen habe."

Ich lächle. "Das bezweifle ich."

"Oh, ja?"

"Als du mich das erste Mal gesehen hast, habe ich dich mit Orangensaft überschüttet und du bist ausgeflippt. Weißt du noch?"

Er errötet.

Moment, wie kann das sein?

"Wirst du rot?", frage ich. "Das war nur ein Scherz."

"Das war nicht mein bester Moment. Es tut mir leid."

Ich zucke mit den Achseln. "Es ist okay. Ich hätte es nicht erwähnen sollen."

Für einen Moment scheinen wir beide ratlos zu sein, was wir als Nächstes tun sollen.

Das ist nicht wie im Film.

Die Leute im Film fangen an, sich zu küssen und fallen dann gemeinsam ins Bett.

Aber um ins Bett zu kommen, müssten wir durch das 275 Quadratmeter große Haus gehen, und der Übergang ist etwas weniger fließend.

Ich schaue zu ihm auf.

Seine Augen funkeln wieder, und er lächelt mich mit seinem schiefen Lächeln an.

"Du kannst gut küssen", sage ich.

"Du auch."

Ich nicke.

Er lehnt sich wieder näher an mich heran.

Er war nicht mehr als einen Schritt entfernt, aber jetzt atmen wir wieder die gleiche Luft.

Dieses Mal ergreife ich die Initiative.

Ich will wieder die ganze Welt ausschließen.

Ich hebe meine Hand und fahre mit den Fingern über seine glatten Lippen.

Seine Atmung beschleunigt sich und erwischt mich unvorbereitet.

Ich dachte, er wäre so ein Naturtalent darin Mädchen ins Bett zu bringen, aber er sieht nervös aus. Ist er das wirklich, oder bilde ich mir das nur ein?

Ich fahre mit den Fingern von einer Seite zur anderen über seine Lippen.

Ich ziehe seine Unterlippe nach unten und spüre das weiche, feuchte Fleisch in seinem Mund.

Ich schaue zu ihm auf.

Seine Augen treffen meine, und wir fordern einander heraus, zuerst wegzuschauen.

Ich finde neuen Mut, der wie eine geheime Quelle irgendwo tief aus meinem Inneren entspringt.

Im Gegensatz zu unserem ersten Kuss ist die Leidenschaft dieses Moments wie eine glimmende Kohle, die nach einem Feuer glüht.

Heiß, aber still.

Ich fahre mit den Fingern die Konturen seines Gesichtes nach.

Ich schiebe die losen Haarsträhnen zurück, die ihm immer wieder in die Augen fallen. Sein Haar ist weich und einladend unter meiner Berührung.

Ich wandere um sein Ohr herum und mache mich langsam auf den Weg zu seinem Ohrläppchen.

Dann trifft es mich.

Berührung ist ein erstaunlicher Sinn.

Die Empfindung ist völlig unterschiedlich, je nachdem, wie stark ich ihn berühre. Wenn ich zu stark drücke, spüre ich die Kraft, die dem Teil, gegen den ich drücke, zugrunde liegt, aber wenn ich etwas langsam und bewusst berühre, entsteht ein ganz neues Gefühl.

Die Art, die mir eine Gänsehaut über die Arme jagt.

Das muss ich schon die ganze Zeit gewusst haben, aber es ist das erste Mal, dass ich es bewusst erlebe.

Ich fahre mit den Fingern an seinem Hals entlang.

Ich bin mir sicher, dass er sich vor nicht allzu langer Zeit rasiert hat, aber ein paar hartnäckige Haare sind schon wieder hervorgetreten.

"Du fühlst dich gut an", sage ich.

Er öffnet seine Augen und begegnet meinen.

"Ich kann es nicht mehr aushalten, wie du mich reizt", sagt er und drückt seine Lippen wieder auf meine.

Ich werde von seiner Leidenschaft überwältigt.

Ich küsse ihn zurück und vergrabe meine Hände in seinem Haar.

Ich fühle, wie seine Finger auf meinem Rücken auf und ab laufen.

Er drückt meine Schultern immer wieder.

Er stößt mich wieder gegen die Tür der
Speisekammer, und es macht ein Geräusch,
immer wenn unsere Körper dagegen prallen.

Meine Knie fangen an, nachzugeben.

Ich spüre, wie ich schlaff werde und langsam auf
den Boden rutsche.

Er folgt mir.

Plötzlich sind wir beide auf den Knien.

Einen Moment später liege ich auf dem Boden
und er liegt auf mir.

Wir bewegen uns als Einheit.

Wir tanzen im selben stillen Rhythmus.

Dann fühlt sich etwas komisch an.

Ich bin nicht sicher, woher es kommt, aber
plötzlich wird mir schlecht. Vielleicht liegt es an
dem Adrenalinschub, der durch meinen Körper
strömt.

"Ähm, Finn", sage ich und stoße ihn von mir weg.

Er setzt sich auf.

"Mir ist übel", schaffe ich noch zu sagen.

Und dann übergebe ich mich.

Über seinen ganzen Fliesenboden.

## 26

## CHLOE

"Oh mein Gott, es tut mir so leid", sage ich und übergebe mich erneut.

Finn schreckt vor mir zurück, aber ich kann nicht aufhören.

Ich übergebe mich tatsächlich im Strahl.

Alles in meinem Magen läuft in alle Richtungen, über den ganzen Fliesenboden und spritzt auf die Mitarbeiter.

Schließlich höre ich auf.

Ich würge noch ein paar Mal, aber nichts kommt heraus.

Ich wische mir den Mund ab.

Ich schaue zu Finn auf, aber meine Augen
können seine nicht erreichen.

Noch nie in meinem ganzen Leben war mir
etwas so peinlich.

"Geht es dir gut?", fragt Finn, als ob es keine
große Sache wäre.

Dann schnappt er sich ein Paar gelbe
Putzhandschuhe und zieht sie über seine Hände.

"Oh, nein, nein, nein. Ich werde das machen. Es
tut mir so, so leid." Ich versuche aufzustehen,
aber ich fühle mich wackelig.

Als ob ich jeden Moment hinfallen würde.

Aber ich kann Finn Dalton unter keinen
Umständen meine Kotze aufwischen lassen.

"Das ist wirklich keine große Sache", sagt er mit
einem Achselzucken.

Obwohl ich mich so benommen fühle, nehme ich
ihm den Lappen und Eimer aus der Hand.

"Bitte. Lass mich das machen", sage ich langsam. "Es tut mir so, so leid."

Er lächelt und gibt nach.

"Dann kannst du die hier auch gleich anziehen, denke ich."

Er reicht mir die gelben Gummihandschuhe.

Ich ziehe sie an und mache mich an die Arbeit.

Ich arbeite langsam, aber mit Bedacht.

Langsamer als gewollt, weil ich nicht wirklich die Kraft habe, mich schneller zu bewegen.

Mein Kopf hämmert wie verrückt, und meine Ohren summen.

Finn setzt sich an den Küchentisch und beobachtet mich.

Ich muss drei Mal zur Küchenspüle gehen, um fast das gesamte Erbrochene in den Lappen zu saugen und in den Eimer zu drücken.

Als ich mich zu Finn drehe und ihn leise frage, wo ich den Inhalt des Eimers auskippen soll, zeigt er mir das Badezimmer direkt hinter mir.

Ich kippe den Eimer in die Toilette, spüle sie und betrachte mich dann im Spiegel.

Was für ein Desaster!

Meine Haare sind eine totale Katastrophe, sie stehen in alle Richtungen ab.

Mein Augen-Make-up ist ein Schreckgespenst.

Zu sagen, ich habe Waschbär-Augen, wäre eine große Untertreibung.

Ich habe etwa ein Pfund Schminke im Gesicht, dank Lila und ihrer ganzen Konturierung und zwölf Lidschattenschichten.

Deshalb traue ich mich nicht, mir mein Gesicht mit Wasser zu waschen.

Stattdessen reibe ich einfach mit meinem Finger unter den Augen, um die Flecken zu entfernen. Dann schaue ich auf mein Kleid hinunter.

Leider kann ich daran nicht viel ändern. Trotzdem versuche ich es.

Der Großteil des Erbrochenen hat sich unschön um meinen Brust- und Bauchbereich herum festgesetzt.

Ich schäle die getrockneten Teile ab und reibe den Rest mit Wasser ab.

Die Flecken werden größer, und ich befürchte, dass ich es noch schlimmer mache.

"Geht es dir da drinnen gut?", fragt Finn.

"Alles gut", sage ich automatisch.

Ich spüre durch die Tür, dass er wartet.

"Ehrlich gesagt kriege ich mein Kleid nicht sauber."

"Ich besorge dir Kleider zum Wechseln. Wir können es morgen in die Reinigung bringen."

Wir? Ich habe mich etwas zu lange auf dieses Wort fixiert.

Finn klopft an die Tür.

"Ich habe die Kleider für dich", sagt er.

Ich öffne die Tür.

Er lächelt mich wieder an.

Es hat etwas Schelmisches.

"Es tut mir sehr, sehr leid", sage ich und schaue auf mein Kleid hinunter. "Das ist so eine Katastrophe."

"Keine Sorge. Hier, zieh die an."

Ich nehme den Stapel und schließe die Tür hinter mir.

Schnell, aber vorsichtig, ziehe ich mein ekelhaftes Kleid aus.

Noch vor einer Stunde war es das Schönste, was ich je getragen habe, und jetzt sieht es aus, als hätte es den Krieg durchlebt.

Ich nehme das Shirt und drücke es gegen meinen Körper. Es ist ein einfaches weißes T-Shirt, aber es ist ein bisschen lang und groß.

Das ist kein Mädchenshirt, das Finn für seine Verabredungen zum Anziehen herumliegen hat (Lila hat mir erzählt, dass einige Jungs das tun).

Nein, das ist tatsächlich sein Shirt.

Ich nehme mir einen Moment Zeit, um sein Aroma einzuatmen.

Es riecht nach Lavendel und seinem besonderen Moschus.

Dann ziehe ich die Jogginghose an, die mir ebenfalls zu groß ist, und komme nach draußen.

Finn hat seinen Kopf in seinem Handy vergraben.

Eine Sekunde lang bemerkt er mich nicht.

"Danke für die Kleidung", sage ich.

"Natürlich, gern geschehen."

"Ich bin nicht wirklich sicher, was ich sagen soll. Außer, dass mir die ganze Sache schrecklich peinlich ist. Ich weiß nicht einmal, wie das passiert ist. Ich dachte, ich hätte nicht so viel getrunken."

"Hast du etwas gegessen?"

"Nein, nicht wirklich."

"Nun, das war es dann."

Finns Augen funkeln verständnisvoll.

"Kann ich dich etwas fragen?"

"Klar."

"Die meisten Jungs wären wirklich angewidert von dem, was gerade passiert ist. Aber du ... du schienst es nicht zu sein."

Er zuckt mit den Achseln.

"Nein, im Ernst. Ich würde es gerne wissen."

"Im Ernst? Es ist keine große Sache für mich."

"Aber warum?"

"Weil ich viel Erfahrung mit Körperflüssigkeiten habe."

Ich starre ihn an.

Was soll das bedeuten?

Er steht auf, nimmt mir mein ekelhaftes Kleid aus den Händen und faltet es in eine Plastiktüte.

"Meine Reinigung wird sich darum kümmern", sagt er und geht zur Teekanne auf dem Tresen. "Ich werde jetzt Tee machen. Möchtest du welchen?"

Ich nicke.

Keiner von uns spricht für einen Moment.

Ich warte auf seine Erklärung, aber es kommt keine.

Als ich gerade aufgeben will, bringt er mir die Tassen Tee und setzt sich mir gegenüber.

"Ich habe schon viel Schlimmeres gesehen als das, was gerade passiert ist. Du brauchst dich nicht zu schämen. Als ich fünfzehn Jahre alt war, erkrankte meine Tante an einem Gehirntumor. Sie war nicht krankenversichert, und meine Mutter begann Überstunden zu machen, um ihr mit den Rechnungen zu helfen. Sie zog bei uns ein, und ich kümmerte mich um sie. Wir konnten uns keine Hospizpflege oder eine Krankenschwester oder so etwas leisten."

Finn verblüfft mich.

Er spricht über diese ganze Sache mit derselben klaren und sachlichen Stimme, die er hätte, wenn ich ihn nach dem Bau seines Hauses fragen würde.

Ich bin mir ziemlich sicher, dass die meisten Leute sich mehr über den Bau beschweren würden, als er über die Pflege seiner Tante.

"Wie lange war sie krank?", frage ich.

"Zwei Jahre. Meine Mutter war kaum noch da. Sie konnte in ihren letzten Lebensmonaten nichts mehr ohne Hilfe tun. Es war so traurig, das mit anzusehen. Aber die Erfahrung hat mich viel darüber gelehrt, wie man bescheiden und dankbar für alle Chancen im Leben ist."

"Das kann ich mir vorstellen."

"In diesen zwei Jahren habe ich endgültig beschlossen, Schauspieler zu werden. Es machte mich so glücklich, für eine Stunde oder einen Tag so zu tun, als wäre ich jemand anderes. Es fühlte sich an, als wäre mir diese große Last abgenommen worden. Es ist ein bisschen schwer zu erklären, aber die Schauspielerei war mein Rettungsanker."

"Ja, das verstehe ich."

"Und es mag mich wie eine schreckliche Person klingen lassen, aber nach ihrem Tod war das erste Gefühl, das ich empfand, Erleichterung. Ich war erleichtert, dass meine schöne, lebhafte Tante nicht mehr litt. Dass sie in Frieden ruhte. Endlich. Sie hatte so viel mehr vom Leben verdient. Aber das ist die Sache mit dem Leben; es verspricht nie, gerecht zu sein. Und man weiß nie, was für ein Schicksal einem bevorsteht."

"Aber es scheint, als hättest du jeden Tag deines Lebens genutzt."

"Ja, das versuche ich. Aber ich habe auch unglaublich viel Glück gehabt. Einige dieser frühen Rollen, die ich bekommen habe, hätte ich nie bekommen dürfen. Ich war schrecklich. Und diese Regisseure sind wirklich diejenigen, die die Anerkennung dafür verdienen, dass sie diese Leistungen aus mir herausgebracht haben."

"Vielleicht ist es Karma."

"Karma?"

"Du hast dich selbstlos um deine Tante gekümmert. Während die meisten fünfzehnjährigen Jungen das nicht getan hätten. Oder nicht gekonnt hätten. Und vielleicht ist all das Glück, das du in deiner Karriere hattest, Karma. Du wirst für all das Gute, das du getan hast, belohnt."

"Vielleicht." Finn lächelt.

"Ich bin kein religiöser Mensch, Finn, aber vielleicht schaut deine Tante auf dich herab und schickt dir gute Energie. Oder vielleicht passt sie nur auf dich auf."

Finn zuckt mit den Achseln und holt tief Luft.

"Ich bin auch kein religiöser Mensch. Aber das wäre schön."

Wir sitzen eine Weile schweigend zusammen, aber es ist keine unangenehme Stille, wie wir sie schon einmal geteilt haben.

Nein, diese ist ganz anders.

Ich habe das Gefühl, dass ich etwas über ihn verstehe, und plötzlich ist es in Ordnung, einfach zusammen zu sein und kein Wort zu sagen.

"Also, erzähl mir etwas über dich", sagt Finn. "Etwas Persönliches."

Ich schaue zu ihm auf. Meine Gedanken schweifen ab.

"Ich habe noch nie in das Haus eines Filmstars in den Hollywood Hills gekotzt", sage ich. "Also das Ganze ist ein bisschen neu für mich."

"Na, das ich hoffe doch. Das wäre eine eigenartige Angewohnheit. Und die meisten Filmstars sind ziemlich heikel. Ich bin mir nicht sicher, ob sie dich so leicht davonkommen lassen würden wie ich."

Ich lache.

"Ich hatte nie das Gefühl, dass meine Eltern mich unterstützt haben", sage ich nach einem Moment.

Ich habe diesen Gedanken noch nie laut ausgesprochen.

Nicht einmal damals meinen langjährigen Freunden gegenüber.

Aber irgendetwas an Finn gibt mir ein Gefühl der Sicherheit.

Ich fühle mich wohl.

Ohne Angst.

"Wie meinst du das?"

"Meine ältere Schwester wollte schon immer Schauspielerin werden, und sie gingen immer zu all ihren High-School-Aufführungen. Und sie waren wirklich glücklich, als sie sagte, dass sie nach LA ziehen würde und dass sie am College Schauspiel als Hauptfach studieren würde. Aber bei mir waren sie nie so. Ich liebe Mode schon seit langem, aber weil ich keine klare Vorstellung davon hatte, was ich mit Mode machen könnte oder wie ich meinen Lebensunterhalt damit verdienen könnte, betrachteten sie es immer als ein Hobby. Es ist vor allem ihretwegen, dass ich mein Wirtschaftsstudium an der Universität abgeschlossen und nach meinem Abschluss einen Job an der Wall Street bekommen habe.

Ich habe versucht, ihnen zu gefallen. Ich wollte ihnen zeigen, wie erfolgreich ich sein kann."

"Und was ist dann passiert?"

"Es hat nicht geklappt. Ich hasste den Job, und ich kündigte nach einem Jahr und zog wieder nach Hause. Danach war ich wirklich verloren. Ich wusste nicht, was ich mit meinem Leben anfangen sollte. Und dann lud mich Lila ein, hierher zu ziehen und mich der Mode zu widmen. Oder vielmehr der Garderobe und dem Kostümdesign."

"Es tut mir wirklich leid, dass sie dich so behandelt haben."

"Na ja, sie waren keine schrecklichen Eltern. Diesen Eindruck möchte ich dir nicht vermitteln. Ich verstehe nur nicht wirklich, warum sie sich bei meinem Traum so anders verhalten haben als bei Lila."

"Das ist die Sache mit den Eltern. Wir wachsen auf und hegen all diesen Groll gegen sie. Aber der Grund dafür ist, dass wir von ihnen erwarten, dass sie wissen, was sie tun. Aber die reine Wahrheit ist, dass sie es nicht wissen."

"Du glaubst, Eltern wissen nicht, was sie tun?", frage ich mit einem Lächeln.

"Nein. Natürlich nicht."

"Und warum?"

"Denn bevor sie Eltern werden, sind sie auch nur Menschen. Ich will nicht sagen, dass alle Eltern ihr Bestes geben, denn das stimmt nicht. Aber fast alle von ihnen sind einfach verloren. Sie gehen durchs Leben wie der Rest von uns, ohne eine Ahnung davon zu haben, was wirklich vor sich geht."

"Ich denke, das ist ein guter Denkansatz", sage ich. "Willst du jemals Vater werden?"

"Ich weiß es nicht. Du?"

"Ich weiß es auch nicht. Die meisten Frauen in meinem Alter träumen davon, Kinder zu bekommen, aber ich bin nicht so. Und ehrlich gesagt, ich bin nicht sicher, ob ich es jemals sein werde."

"Irgendwie empfinde ich das Gleiche."

Ich nehme einen Schluck von meinem Tee und lasse das Wesentliche des Gesprächs in meinem Kopf Revue passieren.

Haben wir wirklich gerade darüber gesprochen, Eltern zu sein?

Wow.

Ja, das haben wir.

"Nun, ich denke, ich sollte nach Hause fahren", sage ich und trinke den Rest meines Tees aus. "Es ist schon spät. Und ich bin sicher, du willst mich loswerden. Ich rufe einfach ein Taxi."

"Oh, nein, das musst du nicht."

"Oh, ich kann dich nicht bitten, mich nach Hause zu fahren. Im Ernst, das ist keine große Sache."

Ich nehme mein Handy zur Hand und beginne, nach einem Taxiunternehmen zu suchen, das ich anrufen kann. Finn legt seine Hand auf meine.

"Chloe", sagt er leise. Der Ton seiner Stimme lässt mich erschauern. Ich schaue zu ihm auf.

"Was wäre, wenn ich dich bitten würde zu bleiben? Würdest du bleiben?"

Ich zucke mit den Achseln.

"Ich weiß es nicht", sage ich langsam.

"Okay, ich hätte es nicht hypothetisch machen sollen. Chloe, ich will, dass du bleibst. Wirst du bleiben?"

Ich zögere. Ich möchte es tun. Natürlich will ich das. Aber ich weiß nicht, ob Bleiben Sex bedeutet. Ich weiß nicht, ob ich dazu bereit bin. Jetzt gleich. Das war ich vor dem Vorfall, aber jetzt ist alles anders.

Aber Finn räumt all meine Befürchtungen aus dem Weg. "Keinen Druck wegen irgendwas. Ich kann sogar in einem der Gästezimmer schlafen, wenn du willst."

"Warum willst du, dass ich bleibe?", frage ich.

"Weil ich dich mag."

## 28

## FINN

Ich wollte Chloe schon vögeln, als ich sie das erste Mal sah. Sogar als ich sie anschrie, weil sie mich mit Orangensaft bekleckert hatte. Sie ist natürlich nicht mein Typ. Ganz und gar nicht. Etwas zu klein und nicht so dünn wie die anderen Mädchen, mit denen ich ausgehe. Ganz und gar nicht wie Ariel. Ganz und gar nicht wie die Victoria's Secret-Models, mit denen ich mich früher verabredet habe. Und doch will ich sie mit jeder Sekunde, die ich mit ihr verbringe, noch mehr. Ich sehe zu, wie sie in mein Bett steigt, in der Hoffnung, dass heute Abend noch etwas passieren könnte. Sie trägt meine Jogginghose, und es kostet mich all meine Willenskraft, nicht zu ihr zu gehen und zu versuchen, sie ihr auszuziehen. Aber die Stimmung ist jetzt anders. Wir machen nicht mehr auf meinem Küchenboden rum. Sie hat meine Küche vollgekotzt, und sie braucht Ruhe.

"Du musst nicht auf der Couch schlafen", sagt sie, als ich mir ein Kissen aus dem Bett hole. Die Couch steht dem Bett gegenüber, an der äußersten linken Wand meines Schlafzimmers. Das braucht sie mir nicht zweimal zu sagen. Ich springe ins Bett.

"Wow, das ging aber schnell."

"Hey, die Couch ist nicht so bequem, wie sie aussieht."

"Sie sieht gar nicht bequem aus", sagt Chloe.

Ich dimme das Licht. Chloe schließt fast sofort die Augen. Ich schaue auf ihr wunderschönes Gesicht und die Art und Weise, wie ihre Haare über mein Kissen fallen. Es war definitiv eine ungewöhnliche Nacht. Das Einzige, was ich wirklich bedaure, ist, dass ich nicht die Wahrheit gesagt habe. Ich hätte einfach sagen sollen, dass ich ihr Date war. Ich hätte nicht so tun sollen, als wäre ich ein weißer Ritter, der hereinstürmt und sie davor bewahrt, versetzt zu werden. Nein, ich bin ein Arschloch, dass ich das getan habe. Das Einzige, was ich jetzt tun kann, ist zu hoffen, dass sie es nie herausfindet.

---

AM NÄCHSTEN MORGEN ist Chloe bereits auf, als ich aufwache. Ich gehe in die Küche, wo sie am Küchentisch sitzt, mit dem Handy am Ohr. Ich gehe zu dem Wasserkocher und mache ihn an.

"Kaffee?", frage ich.

Sie nickt geistesabwesend.

"Hör zu, ich weiß nicht, was ich sagen soll, aber er ist nicht aufgetaucht", sagt Chloe am Telefon. Mein Herz setzt aus. Sie spricht mit Dolly.

"Ich weiß, dass du das alles nicht wolltest. Es ist völlig in Ordnung. Ich hatte trotzdem Spaß", sagt Chloe.

Ich nehme einen Teebeutel und tauche ihn in meine Tasse. Sobald der Kaffee fertig ist, schenke ich Chloe eine Tasse ein.

"Ich habe einen Freund von der Arbeit getroffen, und wir haben uns gut amüsiert", sagt Chloe.

Ich lächle. Als Freund von der Arbeit bezeichnet zu werden, ist zwar nicht toll. Ich bin aber froh, dass sie sich amüsiert hat.

"Ich weiß. Ich verstehe das. Es ist völlig in Ordnung. Wirklich ... Nein, ich glaube nicht, dass ich in nächster Zeit wieder verkuppelt werden will."

Will sie nicht wieder verkuppelt werden, weil sie mich mag? Oder weil sie so enttäuscht darüber war, dass Dollys Typ nicht gekommen ist?

Scheiße! Das ist nicht gut.

"Okay, gut. Ich muss jetzt gehen. Wir sprechen uns später."

Chloe legt auf. Sie atmet tief durch, bevor sie mich anlächelt.

"Wer war das?", frage ich und gebe ihr die Tasse Kaffee.

"Dolly Monroe. Die milliardenschwere Partnervermittlerin."

"Oh, ist das die Frau, die dich für dein Date verkuppelt hat?"

Chloe nickt und lässt den Kopf hängen.

"Gestern Nacht war ein Reinfall. Ein totaler Reinfall."

"Oh, so schlimm war es doch nicht, oder?", frage ich.

Sie lächelt. "Du findest nicht, dass die Tatsache, dass ich deine schöne Küche vollgekotzt habe, unser Date ein wenig ruiniert hat?"

Das sollte man meinen, sage ich mir. Aber nicht wirklich. Es war tatsächlich eines der interessantesten Dates, das ich je hatte. Ich wünschte nur, sie wüsste, dass sie nie versetzt wurde und dass die Person, mit der sie verkuppelt wurde, die war, mit der sie soviel Spaß hatte.

"Ach, du hast es zumindest interessant gemacht", sage ich schließlich.

"Das ist das Mindeste, was ich tun konnte."

"Ich weiß nicht. Ich denke, es ist insgesamt ganz gut gelaufen. Ich meine, du wurdest versetzt, und wenn das nicht passiert wäre, hätten wir nie unser Date gehabt."

Warum sage ich das? Warum nicht gleich die Wahrheit sagen? Weil ich ein Feigling bin, deshalb.

"Ja, ich denke schon."

"Das ist wohl sein Pech."

"Glaubst du das wirklich?", fragt Chloe.

"Ja, absolut. Und eigentlich wollte ich dich noch etwas fragen."

Sie schaut mit ihren unschuldigen Augen zu mir auf. Aus diesem Blickwinkel sind sie fast so groß und breit wie die Augen einer Disney-Figur. Und genauso aufrichtig.

"Gehst du wieder mit mir aus?"

"Was meinst du?", fragt sie mit einem überraschten Gesichtsausdruck.

"Ich hatte gestern Abend wirklich Spaß. Trotz allem. Und ich würde dich gerne zu einem richtigen Date ausführen."

Sie nickt.

"Ja", sagt sie und hustet mitten im Wort.

"Ja?", hake ich nach. Sie nickt und lässt ein Lächeln aufblitzen. Gut. Das ist gut.

## 29

## FINN

CHLOE VERLÄSST mein Haus gegen 11 Uhr morgens.

Kaum ist sie im Taxi, frage ich mich, wie lange ich warten soll, um sie anzurufen oder ihr zumindest eine SMS zu schicken.

Am Ende mache ich weder das eine noch das andere, aber das erfordert eine Menge konzentrierte Willenskraft und Ablenkung.

Nachdem ich auf der Veranda etwas Yoga gemacht und ziellos durch die Kanäle gezappt habe, fahre ich nach Malibu und gehe surfen.

Es ist ziemlich windig, und die Wellen sind stark. Ich paddle ins Blaue hinaus und hüpfe auf mein Surfbrett.

Das Surfen hat etwas, das mich immer beruhigt. Ich muss meinen ganzen Körper einsetzen und kann meinen Geist ein wenig ausruhen lassen.

Als die Dinge mit Ariel zum ersten Mal bergab gingen, bin ich nicht surfen gegangen und habe dadurch noch mehr gelitten.

Nach fast zwei Stunden im Wasser reite ich auf einer Welle bis zum Strand und springe vom Surfbrett.

Das Surfen hat meine Sehnsucht nach Chloe nicht gestillt, aber es hat mich zu einer Entscheidung gebracht.

Ich werde nach Malibu ziehen. Das ist etwas, worüber ich schon seit geraumer Zeit nachdenke.

Seit ich mein Haus in den Hollywood Hills gekauft habe. So sehr ich die Aussicht auf die Stadt auch liebe, die Ruhe des Ozeans ist kaum zu übertreffen.

Am folgenden Montag komme ich aufgeregt zur Arbeit, weil ich Chloe wiedersehen möchte.

Es ist weniger als vierundzwanzig Stunden her, dass ich mit ihr zusammen war, und ich wollte ein Mädchen noch nie so sehr sehen.

Leider ist heute kein normaler Tag. Heute ist der Tag, an dem wir eine sehr explizite Sexszene drehen.

Martha trifft sich mit mir und Tara, bevor wir in die Garderobe gehen. Alle schwirren herum – stellen die Lichter auf, sorgen dafür, dass die Möbel genau richtig angeordnet sind.

Mein Blick schweift zu Chloe, die vor ihrem Wohnwagen steht und Outfits auf Kleiderbügeln organisiert.

Ich nicke zum Gruß in ihre Richtung und sie lächelt zurück.

"Finn? Hörst du mir zu?", fragt Martha.

"Ja, natürlich", sage ich, obwohl ich keine Ahnung habe, was sie gerade gesagt hat. "Also, ich möchte diese Szene innerhalb dessen, was noch jugendfrei ist, so erotisch wie möglich machen. Aber anstatt einfach ein romantisches Ambiente zu schaffen und den Zuschauer sozusagen vom Hocker zu reißen, möchte ich diese Szene so realistisch wie möglich machen. Mit anderen Worten, Finn, ich möchte, dass du nackt bist. Vollkommen nackt."

"Oh, okay." Ich bin ein wenig überrascht.

"Als wir vorhin mit deinem Agenten gesprochen haben, meinte er, es wäre kein Problem."

"Nein, ist es nicht." Ich zucke mit den Achseln. "Aber man kann keine Erektion filmen und das Ganze als jugendfrei einstufen."

"Ja, das weiß ich. Also werden wir irgendwie drum herum filmen. Ich will aber immer noch deinen Hintern und vielleicht sogar dich ganz nackt, aber ohne Erektion."

Ich seufze tief.

Das ist nicht so schwer, wie man vielleicht denkt, obwohl Tara so heiß ist.

Die Sache ist die, dass Sexszenen vor mehr als hundert Leuten gedreht werden.

Alle starren, gucken zu oder arbeiten.

Deshalb finden es so viele Schauspieler peinlich.

Das fand ich es in der Vergangenheit auch.

Aber heute mache ich mir mehr Sorgen darüber, wie es laufen wird, da Chloe zuschauen wird.

"Sag mir einfach, was ich tun soll, und ich bin dabei", sage ich.

"Ich auch." Tara lächelt mich an. Nachdem Martha gegangen ist, kommt Tara auf mich zu.

Ich mag ihre langen Beine und ihre neugierigen Augen.

"Ich kann nicht glauben, dass das die erste Szene sein wird, die wir zusammen drehen", sagt sie mit sinnlicher Stimme.

"Ja oder? Kann ich irgendetwas tun, damit du dich ein bisschen wohler fühlst?"

"Nun, ein Abendessen könnte eine gute Idee sein. Aber dafür ist es wahrscheinlich ein bisschen zu spät."

Ich lächle.

Sie flirtet.

Sie ist genau mein Typ.

Ich schaue sie von oben bis unten an.

Wenn ich meine Karten richtig ausspiele, kann ich sie innerhalb einer Stunde völlig nackt in meinem Wohnwagen haben.

Aber dann fällt mir Chloe ins Auge.

"Ja, wahrscheinlich. Hey, hör mal, ich muss mein Kostüm fertig bekommen. Wir sehen uns später. Mach dir keine Sorgen. Du wirst toll sein", sage ich und gehe davon.

Ich kann nicht glauben, dass ich das gerade getan habe.

Eine sichere Sache sausen zu lassen, ist normalerweise nicht meine Vorgehensweise.

Aber jetzt gehe ich auf Chloe zu, ein Mädchen, das Orangensaft über mich verschüttet, meinen Küchenboden vollgekotzt, bei mir zu Hause geschlafen hat und noch nicht mit mir geschlafen hat.

Und doch ist sie die Einzige, die ich will.

"Hey." Ich gehe zu Chloe hinüber und umarme sie kurz.

Sie zieht sich von mir zurück.

"Hey. Was machst du da?", fragt sie.

"Ich dachte nur, ich umarme dich. Was ist daran falsch?"

"Finn, versteh das nicht falsch, aber ich will nicht, dass jemand am Set von uns erfährt", sagt sie. Ich hasse es, wie distanziert sie sich verhält.

"Ich verstehe nicht. Warum?"

"Weil letzte Nacht wirklich nichts passiert ist. Und ich will nicht, dass die Leute denken, dass etwas passiert ist."

# 30

## FINN

Passiert das wirklich?

Die meisten Frauen würden sterben, um mit mir fotografiert zu werden.

"Warte ... ist es dir peinlich, mit mir gesehen zu werden?", frage ich.

"Nein, überhaupt nicht", sagt sie und schaut nach unten. Ich gehe einen Schritt auf sie zu und hebe ihren Kopf zu meinem hoch.

"Was machst du da?" Chloe stößt mich weg. "Was habe ich gerade gesagt?"

"Wenn es dir nicht peinlich ist, was ist dann los?", frage ich.

"Nichts. Ich weiß nur nicht, wohin das führt."

"Na ja, wir haben noch eine Verabredung", sage ich mit einem Lächeln. "Und nach dem Samstagabend haben wir anscheinend eine kleine Vergangenheit."

"Oh mein Gott, sag das nicht", meint sie und wird dabei rot. "Finn, es ist mir nicht peinlich, mit dir gesehen zu werden. Überhaupt nicht. Ich will nur nicht, dass Gerüchte über uns kursieren. Du weißt, das werden sie, wenn die Leute sehen, wie wir uns küssen und umarmen und solche Dinge tun."

"Und was ist daran falsch?", frage ich.

"Deshalb bist du immer in den Magazinen, Finn. Du tust so, als würdest du die Paparazzi hassen, die dir immer folgen, aber dann weigerst du dich, dein Privatleben privat zu halten."

"Ja, dagegen weigere ich mich. Ich wüsste nicht, warum ich das tun sollte", sage ich. Jetzt bin ich beleidigt. Sauer.

"Ich will einfach nicht eines der Mädchen sein, die man in diesen Promi-Magazinen in deinem Arm sieht."

"Oh, keine Sorge, das wird nicht passieren", sage ich und gehe weg.

Das lief nicht sehr gut.

Ehrlich gesagt, ich weiß nicht wirklich, was los ist oder warum die Sache aus dem Ruder gelaufen ist.

Ich bin nur zu ihr gegangen, um sie zu umarmen.

Ich wollte keine Szene machen.

Ich habe nicht verkündet, dass wir miteinander schlafen oder gar zusammen sind.

In L.A. umarmen sich alle.

Was ist schon dabei?

Hin und her gerissen gehe ich zu ihr zurück.

"Ich muss noch meine Kleider für die heutige Szene holen", sage ich.

Sie nickt und zieht einen leichten Leinenanzug und hellbraune Kenneth-Cole-Schuhe hervor.

"Ich dachte, besser keine Socken."

"Perfekt", sage ich. "Was ist mit Unterwäsche?"

"Oh, ja, natürlich. Wie wär's mit schwarzen Calvin-Klein-Boxershorts?", fragt sie.

"Gut", sage ich.

"Willst du etwas davon anprobieren?", fragt sie, während ich mich davonmache. Für eine kurze Sekunde treffen meine Augen auf ihre.

"Nein. Nicht jetzt", sage ich.

Ich sehe die Enttäuschung auf ihrem Gesicht und das freut mich.

Was glaubt sie, wer sie ist, dass sie sich so verhält?

Und doch, innerhalb weniger Sekunden verblasst mein so genanntes Glück.

Ich fühle mich wie ein Idiot, aber mein Stolz lässt mich nicht zurückgehen.

"ALSO, ich möchte noch einmal ein paar Dinge durchgehen, bevor wir anfangen", sagt Martha. Tara und ich setzen uns auf das Bett.

"Ich möchte, dass ihr beide im Stehen beginnt. Finn, du gehst auf sie zu, stellst dich dicht vor sie und sagst deinen Text. Sie antwortet. Dann küsst du sie und ihr fallt ins Bett. Ich möchte, dass ihr euch gegenseitig die Kleider auszieht."

"In irgendeiner bestimmten Weise? Oder Reihenfolge?", fragt Tara.

"Ähm, eigentlich, nein. Macht einfach, was sich natürlich anfühlt. Okay. Ich schätze, das ist alles. Lasst uns einfach anfangen, und wir werden sehen, wie es läuft."

Alle verschwinden vom Set.

Ich richte meine Krawatte und positioniere mich im Türrahmen.

Aus den Augenwinkeln sehe ich Chloe.

Sie ist hier und schaut zu, wie alle anderen auch.

Ich richte meine Aufmerksamkeit auf Tara.

Es ist, als ob mein Geist sich abschalten würde.

Und jetzt bin ich völlig in der Szene versunken.

Nichts anderes ist real, außer Tara und mir.

"Action!", schreit Martha.

Der Raum verstummt.

Ich gehe auf Tara zu.

Langsam, mit Bedacht.

"Was willst du von mir?", frage ich sie.

"Nichts", antwortet Tara.

Bevor sie das Wort zu Ende spricht, stürze ich mich auf sie und küsse sie.

Wir fallen gemeinsam auf das Bett und beginnen, uns gegenseitig auszuziehen.

Zuerst nimmt sie mir die Krawatte ab.

Ich ziehe ihr die Bluse aus.

Als sie mein Hemd aufknöpft, ziehe ich an ihrem Rock.

Ich winde mich aus meiner Hose, während wir uns weiter küssen.

Ich warte darauf, dass Martha "Cut" schreit, aber es kommt nicht. Stattdessen öffne ich Taras BH.

Ihre Brüste liegen vor mir wie auf einem Tablett.

Sie fährt mit den Fingern meinen Bauch hinunter und hält kurz über den Muskeln meines Sixpacks an, die ich nicht vergesse, für die Kameras anzuspannen.

Jetzt kommt der schwierige Teil. Ich stehe auf.

Tara küsst meinen Bauchnabel, und mit einer schnellen Bewegung zieht sie meine Boxershorts herunter.

Ich steige ruhig aus ihnen heraus, drehe sie dann auf den Bauch und ziehe ihr Höschen aus.

Noch immer kommt kein "Cut".

Ich will die Szene nicht unterbrechen, also stürze ich mich auf sie und küsse ihren Nacken.

Und dann ihren Rücken. Mein Schwanz wird hart. Er weiß nicht, wie ich mich wirklich fühle.

Dass es nicht Tara ist, mit der ich das hier machen will.

Ich massiere mit meinen Fingern ihren Rücken auf und ab und vergrabe sie in ihren Haaren.

Als ich leicht an ihren Haaren ziehe, stöhnt sie auf.

Wir reiben uns ein paar Momente lang aneinander. Und dann ... endlich ... kommt es.

"Cut!", schreit Martha.

Ich stehe sofort auf und ziehe den Morgenmantel an, mit dem ein Assistent auf mich zukommt.

Meine Erektion kann ich nicht verbergen.

Ich will sie nicht so schnell verstecken.

Alle schauen mir zu, und ich will nicht so tun, als ob mir etwas peinlich wäre.

Stattdessen ziehe ich den Mantel langsam zu.

"Oh. Mein. Gott", explodiert Martha. "Leute, das war unglaublich!"

Ich liebe Marthas Begeisterung.

Sie heuchelt nicht so sehr wie viele andere Regisseure.

Sie dreht eines der ernsthaftesten Drehbücher, an denen ich jemals arbeiten durfte, und doch wirkt sie wie ein aufgeregtes College-Girl.

Ihr Grad an Begeisterung ist ansteckend.

"Ich war mir nicht sicher, ob das die Richtung ist, in die du gehen wolltest", beginne ich zu sagen.

"Oh, nein, nein, nein. Daran hätte ich nie auch nur gedacht. Die Art und Weise, wie du sie so umgedreht hast und ihr das Höschen ausgezogen hast. Das hat mich außer Atem gebracht. Ehrlich, eine fantastische Arbeit."

Tara und ich tauschen ein Lächeln aus.

Das ist immer schön zu hören.

"Nun, wenn es euch nichts ausmacht, könntet ihr das noch einmal machen? In der gleichen Reihenfolge? Ich will nur sichergehen, dass wir die beste Version bekommen."

Ich nicke.

Kurz bevor sie wieder "Action" ruft, fällt mein Blick auf Chloe.

Ihr Gesichtsausdruck ist eine Mischung aus verloren, verwirrt und wütend.

Ich weiß nicht, warum sie so empfinden sollte, außer dass diese Szene einfach zu real für sie ist.

Aber es gibt nichts, was ich im Moment dagegen tun kann.

SEHE ICH MIR DAS WIRKLICH AN?

Passiert das wirklich?

Ich weiß, dass Finn Schauspieler ist.

Natürlich weiß ich das.

Ich war eines der Millionen Mädchen, die sich in ihn verliebt haben, als er in *Monday Night Football* diese aufregende Beziehung mit Beverly hatte, und dann noch einmal in *To Live and To Die in the West.*

Weder die Serie noch der Film wären, was sie sind, wenn es nicht seine Liebesaffären gegeben hätte. Ich träumte davon, Beverly zu sein.

Das, wovon ich nie träumte, war, ihm zuzusehen, wie er mit Beverly schläft.

Aus irgendeinem Grund ist mir nie in den Sinn gekommen, wie genau diese Szenen gedreht wurden.

Ich war zu sehr in die Geschichte vertieft, um mich darum zu kümmern.

Aber heute ... nun, heute hat mir die Augen geöffnet, um es vorsichtig auszudrücken.

Und gerade diese Szene ist so viel mehr als alles, was in einer Fernsehserie oder einem PG-13-Film passiert.

Ich habe gerade gesehen, wie Finn Tara leidenschaftlich geküsst, sie auf das Bett geworfen und ihr die Kleider ausgezogen hat.

Ich habe gerade gesehen, wie sie ihm die Unterwäsche ausgezogen hat.

Ich habe gerade zum ersten Mal seinen Schwanz gesehen – und das nicht, während wir Sex hatten.

Nein, das ist nicht normal.

Nicht einmal annähernd.

Und wenn das in der Hollywood-Welt normal ist, dann bin ich noch nicht bereit, es zu meinem neuen Normal zu machen.

Als Martha sie bittet, die Szene noch einmal zu drehen, so wie sie es gerade getan haben, schaue ich Finn an und gehe weg.

Ich kann es nicht ertragen, sie noch einmal zu sehen.

Zwei Stunden später klopft es an meine Wohnwagentür.

Ich bin damit beschäftigt, Outfits für die nächsten paar Szenen zu organisieren, aber nichts scheint zusammenzupassen, und ich fühle mich völlig uninspiriert.

"Komm rein", sage ich.

Die vorsichtigen Schritte auf der Treppe lassen mich vermuten, dass es Finn ist.

"Hey", sagt er. "Warum bist du gegangen?"

"Ich musste mich um ein paar Dinge kümmern", lüge ich.

An seinem Ausdruck kann ich erkennen, dass er nicht davon überzeugt ist, dass ich die Wahrheit sage.

"Es ist nur so, dass sich die meisten Menschen die Sexszenen nie entgehen lassen", sagt er. "Vor allem, wenn der Regisseur das Set nicht schließt."

"Nun, ich hatte etwas Besseres zu tun."

Finn kommt auf mich zu. Er legt seine Hand auf meine.

"Chloe, du wusstest doch, was heute passieren würde, oder? Ich habe nichts falsch gemacht."

Ich schiebe seine Hand weg.

"Ja, natürlich."

"Also, was ist los?"

Ich nehme mir einen Moment Zeit, um darüber nachzudenken.

Aus irgendeinem Grund fühlt es sich an, als ob alles falsch wäre.

"Nichts." Ich zucke mit den Achseln.

"Und es tut mir leid wegen vorhin. Ich hätte nicht so eine Szene machen sollen. Aber ehrlich, ich wusste nicht, dass ich eine Szene gemacht habe."

"Finn ..."

"Was?"

"Ich bin mir einfach nicht sicher, ob dieser ganze Lebensstil etwas für mich ist", sage ich schließlich.

"Welcher Lebensstil?", fragt er.

"Dein ganzer Lebensstil. Ich bin nur ein normaler Mensch, und das ist alles zu viel."

"Nun, ich bin Schauspieler. Und was gerade in dieser Szene passiert ist, gehört einfach zu meinem Job."

Ich denke einen Moment darüber nach.

Er hat natürlich recht.

Vielleicht bin ich einfach ein wenig zu sensibel.

"Ich habe eine Idee", sagt er. "Geh heute Abend mit mir aus. Zum Abendessen. Nichts

Ausgefallenes. Nur eine normale Verabredung. Dann wirst du hoffentlich sehen, dass ich genau wie jeder andere bin."

Ich lächle.

Er kommt näher zu mir und legt seine Hand wieder auf meine.

Diesmal bewege ich sie nicht weg.

Vielleicht hat er recht.

Nichts, was bisher zwischen uns passiert ist, war normal, und vielleicht fühle ich mich deshalb so unwohl bei der ganzen Situation.

Ich nicke.

"Wirklich?", fragt er.

"Ja, wirklich."

"Okay, ich hole dich um sieben Uhr ab. Und mach dir keine Sorgen. Wir werden irgendwo hingehen, wo wir ungestört sind. Es wird keine Fans oder Fotografen geben. Nur wir beide."

Mir gefällt der Gedanke.

Sehr sogar.

ALS ICH VON der Arbeit nach Hause komme, habe ich nicht viel Zeit, um zu entscheiden, was ich anziehen soll, geschweige denn, um die Einzelheiten mit Lila durchzugehen.

Natürlich lässt Lila nicht locker.

Sie weiß, was am Samstagabend passiert ist, und ist von der ganzen Situation so begeistert, wie man es nur sein kann.

"Du gehst heute Abend mit wem aus?", fragt Lila mich, als ich nach Hause komme.

"Finn", sage ich und besprühe mein Haar mit Trockenshampoo.

Ich habe es heute Morgen gewaschen, aber es hat es trotzdem geschafft, in weniger als acht Stunden fettig zu werden.

"Warte, was?" Ihre Augen werden groß und ihr fällt die Kinnlade herunter.

"Du hast mich gehört."

Ich schaue in den Spiegel. Ich muss unbedingt mein Make-up auffrischen.

"Nein, das wirst du nicht." Sie schüttelt den Kopf.

"Ich weiß nicht, was ich dir sagen soll." Ich zucke mit den Achseln und trage etwas mehr Eyeliner auf.

Warum ist es unmöglich, diese einfache Aufgabe zu erledigen, ohne den Mund leicht zu öffnen?

"Warte eine Sekunde, lass mich das klarstellen. Du wurdest bei einem Date versetzt und Finn Dalton hat dich stattdessen gebeten, sein Date zu sein. Und dann hast du dich über seinen ganzen Fußboden übergeben, nicht mit ihm geschlafen, und jetzt geht ihr beide auf ein Date?"

Ihre Worte hängen zwischen uns in der Luft, bis ich meine Lippen mit einem rosafarbenen Lippenstift, einem leichten Rosaton, bedeckt habe.

"Es sind schon seltsamere Dinge passiert", sage ich.

"Nicht viele."

"Warum fällt es dir so schwer, es zu begreifen?", frage ich.

"Weil ... weil ... Mädchen, die sich die Haare mit Färbemittel aus der Packung selbst färben, nicht mit Filmstars ausgehen!", sagt Lila schließlich.

Sie hat natürlich recht.

"Ich schon", sage ich mit einem Lächeln.

Iᴄʜ ɢᴇʜᴇ in mein Zimmer und durchsuche meinen Schrank nach einer schwarzen Leggings und einer weißen Bluse.

Schließlich entscheide ich mich für ein violettes, ärmelloses Oberteil mit Blumenmuster.

"Du trägst kein Kleid?", fragt Lila herablassend. Ich schüttle den Kopf. "Wie kannst du kein Kleid tragen? Oder wenigstens einen Rock?"

Ich betrachte mich im Spiegel.

"Weil ich kein großer Fan von Kleidern oder Röcken bin. Das weißt du", sage ich und ziehe mich vor ihr um.

"Aber du hast ein Date mit Finn Dalton!"

"Ich weiß", sage ich und ziehe eine frische, tief sitzende Unterhose und einen schwarzen, passenden BH an. "Aber die Sache ist die, dass ich bei diesem Date ich selbst sein will. Die letzte Verabredung, die wir hatten ... naja, es war interessant, um es vorsichtig auszudrücken. Aber bei diesem möchte ich ich selbst sein. Mein wahres Ich. Und ich möchte das tragen, was ich tragen würde, wenn ich mit einem normalen Typen ausgehen würde. Außerdem finde ich, dass ich darin ziemlich gut aussehe."

Ich betrachte mich im Spiegel.

Mit einem schönen Paar Pumps sehe ich ziemlich sexy aus.

Die Leggings geben meinem Körper eine schöne Form und verlängern meine Beine.

Es klopft an der Tür.

"Ich glaube einfach nicht, dass du mit einem Filmstar ausgehen wirst und dabei so angezogen bist, als würdest du mit deiner Schwester eine Tasse Kaffee trinken gehen", zischt sie, als sie auf die Tür zugeht. "Wer ist da?", fragt sie.

"Ähm, hier ist Finn. Ich bin hier, um Chloe abzuholen."

"Oh mein Gott, Chloe!", flüstert Lila mir lauthals zu. "Kommt er hierher? Warum hast du mir nicht gesagt, dass er hierher kommt?"

"Ich dachte, ich hätte es getan. Er ist meine Verabredung. Er holt mich ab", sage ich mit einem Lachen. "Kannst du bitte die Tür öffnen? Ich brauche noch ein paar Minuten."

Ich schließe die Tür zum Badezimmer leicht und stehe einfach hier und starre mein Spiegelbild an.

Vielleicht war es ein wenig gemein, Lila nicht zu warnen, dass Finn hierher kommen würde.

Ich weiß, dass es noch eine Weile dauern wird, bis sie mir verzeiht, dass sie ihn in einem alten Jogginganzug, mit sehr wenig Make-up und mit einem Dutt kennengelernt hat.

Aber ihr Gesichtsausdruck machte das Ganze lohnenswert. Er ist unbezahlbar.

"Komm rein ... die Unordnung tut mir so leid.
Aber Chloe hat mich nicht gewarnt ... hat mir
nicht gesagt, dass wir Gesellschaft haben
würden," höre ich sie durch die Tür murmeln.

"Es ist okay, wirklich ... du solltest mein Haus
sehen ... Du bist also Chloes Schwester, hm? Die
Schauspielerin."

"Ja, ja, die bin ich."

"Hi." Ich verlasse das Badezimmer.

Finn mustert mich von oben bis unten.

Nach einem Moment richten sich seine Augen
auf mein Gesicht. Sein Lächeln füllt den
Raum aus.

"Oh, wow", sagt er. "Du siehst ... umwerfend aus."
Ich nicke. "Du auch."

Finn trägt eine lässige graue Hose und ein
Button-Down-Hemd.

Die Ärmel sind hochgekrempelt und er trägt zu
seinen Halbschuhen keine Socken.

Er geht ein paar Schritte näher auf mich zu, legt seinen Arm um meine Taille und zieht mich für einen Schmatzer auf die Wange heran.

Das ist so lässig und ungezwungen, dass meine Knie ein wenig zittrig werden.

"Ich werde jetzt gehen, Lila", sage ich und gehe an ihr vorbei.

Sie scheint in Trance zu sein, also stupse ich sie ein wenig an, um sie daraus zu befreien.

"Natürlich, natürlich", flüstert Lila. "Wann kann ich mit dir rechnen?"

Ich spüre, wie mein Gesicht errötet.

Jetzt bin ich an der Reihe, mich zu schämen, und der Blick auf Lilas Gesicht bestätigt mir, dass diese Frage ein Versehen war.

"Ähm, ich weiß nicht. Wie wär's, wenn du es einfach nicht tust?", sage ich.

"Oh ... ich verstehe", sagt sie mit einem koketten Lächeln.

Ich rolle mit den Augen und gehe hinaus.

Finn folgt mir dicht auf den Fersen.

Wir gehen schweigend die Treppe hinunter.

Zum Glück parkt er nicht allzu weit weg.

Als wir sein Auto erreichen, hält er mir wie ein Gentleman die Tür auf.

"Und?", sagt er und fährt los.

"Was und?", frage ich.

"Anscheinend soll deine Schwester dich heute Abend nicht zu Hause erwarten."

Nicht er auch noch. Ich rolle mit den Augen.

"Mach dir keine Hoffnungen", sage ich mit einem Lächeln. "Ich habe das nur gesagt, um sie zu ärgern. Zu sagen, dass sie von meiner Verabredung beeindruckt war, wäre eine riesige Untertreibung."

"Oh, ja? Bin ich nicht deine übliche Art von Date?", fragt Finn.

Aus den Augenwinkeln schaue ich ihn an.

Er hat sich seit heute Morgen rasiert – sein gemeißelter Kiefer ist markant und kräftig.

"Wie hast du das erraten?", frage ich.

"Und wer ist dann dein typisches Date?", fragt er. Ich antworte nicht. Er dreht sich zu mir um, während wir den Sunset Boulevard hinunterrasen.

"Eigentlich hatte ich schon lange keine Verabredung mehr."

"Warum?"

"Meine Schwester verabredet sich für uns beide", scherze ich. "Ich weiß nicht wirklich, warum. Ich hatte nur einen langjährigen Freund für eine Weile, und es kam eigentlich niemand Besonderes."

"Wow, du bist anders."

"Was meinst du?"

"Nun, das ist L.A., Chloe. Die meisten Menschen gehen hier nicht nur mit besonderen Menschen aus. Sie verabreden sich einfach. Aber ich fühle mich geschmeichelt."

"Oh, bitte." Ich winke ab.

"Nein, ich meine es ernst. Wirklich."

"Hey, wer hat gesagt, dass ich mit dir ausgehe, weil ich dich für jemand Besonderen halte? Du hast mich davor gerettet, versetzt zu werden, und wir sind Kollegen, wie du gesagt hast. Außerdem hast du gebettelt und gebettelt, wenn ich mich recht erinnere." Ich will nicht, dass ihm das zu Kopf steigt. Sein Ego scheint groß genug zu sein.

"Ja, natürlich." Finn nickt mit einem Lächeln.

"Okay, und wo gehen wir hin?", frage ich und versuche, das Thema zu wechseln. Für meinen Geschmack wird das alles ein wenig zu persönlich.

"Zu mir."

"Zu dir?" Mir fällt fast die Kinnlade herunter. "Ich dachte, wir würden ein normales Date haben?"

"Das werden wir auch. Mein Privatkoch macht uns ein besonderes Abendessen. Ich habe nur gesagt, dass ich dich irgendwo hinbringen würde, wo wir ungestört sind. Irgendwohin, wo wir uns etwas besser kennenlernen können."

"Okay", nuschle ich.

Ehrlich gesagt bin ich mir nicht sicher, was ich davon halte.

Er spürt mein Zögern.

"Hör zu, du musst dir keine Sorgen machen. Kein Druck. Im Ernst. Das ist nur ein Abendessen. Und danach bringe ich dich nach Hause wie ein echter Gentleman."

Ich nicke und versuche, seine Worte zu verarbeiten.

Ich schaue ihn an und durchsuche sein Gesicht nach Hintergedanken, aber ich sehe keine.

Er scheint aufrichtig zu sein, vollkommen ehrlich.

Aber wie kann ich sicher sein? Er ist ein Oscar-gekrönter Schauspieler.

Trotzdem entscheide ich mich dafür, meinem Bauchgefühl zu folgen.

Und mein Bauchgefühl sagt mir, dass ich ihm vertrauen soll.

Du kannst ihm vertrauen.

## 33

## CHLOE

Auf der halbstündigen Fahrt zu seinem Haus stelle ich fest, dass Finn und ich viel gemeinsam haben.

Wir lieben beide die 90er Jahre-Boyband *NSYNC, das kubanische Gericht aus Mango und Reis und dunkle Schokolade.

Seine Lieblingsklasse in der Schule war die dritte Klasse, und er hasste die elfte Klasse so sehr, dass er sie fast abgebrochen hätte.

Ich erzählte ihm, dass die Highschool auch nicht das Beste für mich gewesen war, ich aber das College geliebt hatte.

Ich hatte darüber nachgedacht, auf eine große

Universität wie die University of Southern California zu gehen, auf die meine Schwester ging, aber ich denke mittlerweile, dass das Oberlin College perfekt zu mir passte.

"Was hat dir an Oberlin besonders gut gefallen?", fragt mich Finn, als wir bei seiner Einfahrt ankommen.

"Es hatte genau die richtige Größe. Ich bin nicht so kontaktfreudig wie Lila, und ich weiß, dass ich in einer größeren Uni verloren gewesen wäre. Oberlin konzentrierte sich auch auf die freien Künste, und so habe ich wirklich gelehrt, kritisch zu denken und zu argumentieren. Ich denke, das ist in der heutigen Zeit wirklich wichtig. Vor allem, da unsere Welt so technologisiert ist."

"Das denke ich auch. Ich meine, der mathematisch-naturwissenschaftliche Unterricht ist sehr wichtig, vor allem, wenn den Kindern der Umgang mit Computern und das Erstellen von Code und so weiter beigebracht wird. Aber es gibt nichts Befreienderes als das Lesen von Belletristik oder Philosophie oder Drama. Es bereichert wirklich die menschliche Existenz", sagt Finn.

Ich drehe mich zu ihm um.

Ich gebe es nur ungern zu, aber ein großer Teil von mir ist überrascht, dass diese Worte aus seinem Mund kommen.

Vielleicht dachte ich auch, dass er zu hübsch ist, um wirklich klug zu sein.

Ich folge Finn die Stufen durch die Doppeltür seines Hauses hinauf.

Er grüßt den Koch, stellt mich vor und führt mich zum Esszimmer.

Die Sonne geht gerade über dem Horizont unter, und ganz LA leuchtet in hellen Farben von Orange und Gelb unter uns.

Ich nehme mir einen Moment Zeit, um durchzuatmen.

"Bereust du es manchmal, nicht aufs College gegangen zu sein?", frage ich schließlich.

"Manchmal. Nein, das ist eine Lüge. Ich bereue es sogar sehr. Aber als ich die High School mit meinem Privatlehrer abgeschlossen habe, ging meine Karriere gerade erst richtig los. Ich bekam viele interessante Angebote, und ich wollte sie mit ganzem Herzen verfolgen. Aber ich habe es so sehr bedauert, dass ich jetzt tatsächlich Kurse belege."

"Wirklich? Welche Kurse?"

"Online-Kurse. Ich mache meinen Bachelor-Abschluss in Geisteswissenschaften an der Western New Mexico University. Es ist ein individualisiertes Programm, das mir erlaubt, so ziemlich alles zu studieren, was ich will. Ich glaube, ich werde einen Doppelabschluss in Englisch und Philosophie machen."

"Oh, wow, das ist großartig."

"Danke. Es war wirklich eine Herausforderung und sehr lehrreich. Und das Beste daran, es online zu machen, ist, dass die Leute in meiner Klasse und die meisten meiner Professoren nicht wissen, wer ich bin. Ich möchte nicht einer dieser egozentrischen Schauspieler sein, die sagen, wie schwierig Ruhm ist, bla bla bla. Aber er bringt Herausforderungen mit sich, und eine dieser Herausforderungen besteht darin, dass es schwierig ist, zu wissen, was die Leute tatsächlich für einen empfinden. Meine Online-

Kurse ermöglichen mir dieses Privatleben, das ich nie für möglich gehalten hätte."

"Das ist wirklich großartig, Finn. Ich bin wirklich stolz auf dich", sage ich und lege meine Hand auf seine.

"Chloe, ich habe noch nie jemandem von diesem Programm erzählt. Na ja, abgesehen von meinen wirklich engen Freunden und meiner Familie. Nicht einmal Ariel wusste davon."

"Deine Ex-Freundin?", frage ich. Er nickt.

"Warum nicht?"

"Es fühlte sich nicht richtig an, ihr davon zu erzählen. Ich habe mich unwohl gefühlt. Aber mit dir ... ich weiß nicht, es ist anders."

Ich nicke. "Naja, dein Geheimnis ist bei mir sicher", sage ich.

"Ja, ich weiß. Das ist es, was mir Angst macht."

Ich schaue mich am Tisch um.

Der Tisch ist mit einer strahlend weißen Leinentischdecke bedeckt.

Im Esszimmer gibt es acht Sitzplätze, aber anstatt an den Enden des Tisches zu sitzen, sind unsere Gedecke nebeneinander angeordnet.

Finn sitzt am Kopf, und ich sitze neben ihm.

Ein wunderschönes Gesteck aus Wildblumen trennt uns und schafft ein romantisches Ambiente.

Ein Kellner kommt zu uns, zündet die beiden dicken Kerzen neben dem Gesteck an und fragt, was wir trinken möchten.

"Ich weiß es nicht", sage ich achselzuckend. "Ich weiß nicht einmal, was wir essen."

"Macht es dir etwas aus, wenn ich für dich bestelle?"

Ich schüttle den Kopf.

"Wir nehmen zwei Gläser Pinot Noir", sagt er schnell.

Nachdem der Kellner gegangen ist, dreht sich Finn zu mir um und erklärt: "Wir haben vegetarische Gerichte zum Abendessen und trockene Rosés aus traditionellen

Rotweintrauben passen gut zu einer Vielzahl von vegetarischen Gerichten, ohne die frischen Aromen zu überdecken."

"Vegetarisch, was? Bist du Vegetarier?", frage ich.

"Nein, nicht ganz. Aber ich versuche wirklich, mich gesünder zu ernähren, also dachte ich, es könnte eine gute Wahl sein. Magst du vegetarisches Essen?"

Wie kann ich das taktvoll formulieren?

Nein, nicht wirklich.

Meine Vorstellung von vegetarischem Essen ist Caesar-Salat, und ich kann nicht für den Rest meines Lebens Caesar-Salat essen.

Natürlich habe ich gehört, dass vegetarisches Essen sehr abwechslungsreich sein kann, aber ich kenne mich mit der ganzen Sache überhaupt nicht aus.

Außerdem kann es auf keinen Fall so gut wie Hühnchen oder ein Burger schmecken, oder?

"Ich habe noch nicht so viel davon gegessen, ehrlich gesagt. Außer Salat", sage ich. "Gibt es

einen Grund, warum du versuchst, dich
gesünder zu ernähren?"

Er zuckt mit den Achseln und schaut weg.

"Na ja, ich kann es dir ja auch gleich sagen,
denke ich. Aber bitte erzähl's nicht weiter, okay?"

Ich nicke.

"Bei meiner Mutter wurde kürzlich Lungenkrebs
diagnostiziert. Sie hat nie wirklich geraucht,
außer in den 70er Jahren. Ich habe angefangen,
mehr darüber zu lesen, und anscheinend
verursacht viel rotes Fleisch Krebs, ebenso wie
Zucker und Kohlenhydrate. Neben der Chemo
beginnt meine Mutter mit diesem strengen
Ernährungsprogramm ... es ist im Grunde eine
roh-vegane Diät. Und sie braucht Unterstützung,
also habe ich zugestimmt, es mit ihr zusammen
zu machen."

"Wow, das ist heftig", sage ich.

Ich bin erstaunt über seine Offenheit und
Ehrlichkeit.

Ich schaue in sein Gesicht.

Es ziert die Titelseiten zahlreicher Zeitschriften.

Es fühlt sich so vertraut an wie das Foto eines meiner Familienmitglieder, aber es schien immer eine Distanz zwischen der Person auf dem Foto und dem Kerl zu geben, den ich von der Arbeit her kannte.

Nur jetzt nicht.

Die Distanz zwischen uns verschwindet schnell.

"Danke, dass du mir das erzählt hast. Ich hatte auch darüber gelesen. Aber du weißt ja, wie das ist, ich denke immer, dass mich nichts dergleichen jemals treffen wird. Oder zumindest eine Zeit lang nicht. Später kann ich mich dann immer noch gesünder ernähren."

"Das habe ich früher auch gedacht. Aber mit der Diagnose meiner Mutter trat es wirklich in den Vordergrund. Es hat mir einfach alles ins rechte Licht gerückt."

Der Kellner kommt mit einer Platte und einem Teller Essen darauf zurück.

"Für den ersten Gang Toast mit Favabohnen, einem Avocado-Aufstrich und Erbsensprossen", sagt er und geht weg.

"Wow, das ist köstlich", sage ich.

Ich weiß nicht wirklich, was Favabohnen sind, aber sie sind eine perfekte Ergänzung zu dem Avocadoaufstrich und den Erbsensprossen.

Während wir weiter über seine Mutter plaudern, kommt der Rest unseres Essens an.

Als Hauptgericht werden uns ein Linsen-Ananas-Salat mit Olivenöl und Obstessig, eine Gemüsegerstensuppe und ein Grünkohl-Risotto mit würzigen Tofu-Stücken serviert.

Das Essen ist frisch und leicht, und es sättigt mich so sehr, dass ich das Gefühl habe, zu platzen.

"Wir haben eine Auswahl an Desserts", sagt der Kellner, nachdem er unsere Teller abgeräumt hat.

Als er mich anschaut, verändert sich sein Gesichtsausdruck völlig.

"Es tut mir leid", sage ich, bevor er die Chance hat, mich zu fragen, was los ist. "Aber ich habe ein bisschen zu viel gegessen, und ich muss auf den Nachtisch verzichten."

Finn lächelt und sagt ihm, dass wir etwas später den Nachtisch essen werden.

"Das passiert mir sehr oft", sagt er. "Gemüse kann ziemlich trügerisch sein. Es füllt einen mehr, als man denkt."

"Das ist eine ziemliche Untertreibung", sage ich.

## 34

## CHLOE

Nach dem Abendessen gehen wir auf die Terrasse, um etwas frische Luft zu schnappen.

Über der Stadt der Engel hat sich die Dunkelheit gelegt.

Anstatt hier am Rand seiner Terrasse zu stehen, überkommt mich plötzlich etwas.

Ich stelle meinen Fuß auf die erste Sprosse des Geländers und klettere hinauf.

"Was machst du da?", fragt Finn, leicht amüsiert.

"Diese Aussicht ist unglaublich", sage ich. "Ich würde gern noch mehr davon sehen."

Noch zwei Schritte nach oben und ich gehe oben auf dem Geländer entlang.

"Du bist verrückt", flüstert er.

"Ich fühle mich verrückt."

Nicht nur verrückt.

Wahnsinnig.

Was mache ich da?

Ich weiß nicht, was über mich gekommen ist.

Abgesehen davon, dass es etwas gefährlich ist (ich habe zwei Gläser Wein getrunken und trage hohe Schuhe), ist es auch etwas respektlos gegenüber seinem Eigentum.

Aber beides kommt mir jetzt nicht in den Sinn.

Nein, in diesem Moment fühle ich mich wie ein Vogel.

Frei.

Unbeschwert.

Völlig ohne Verantwortung.

Dann ... oh, nein, das passiert nicht.

Ich stolpere.

Ich trete falsch auf den Absatz, er bricht und ich falle nach hinten.

"Chloe! Pass auf!", ruft Finn ein bisschen zu spät.

Er schafft es, meinen Sturz ein wenig abzubremsen, indem er meinen Arm greift, aber es ist etwas zu spät.

Es geht alles sehr schnell – in der einen Sekunde falle ich und in der nächsten liege ich in seinen Armen.

Wir sind beide auf dem Boden.

Ich liege auf ihm.

Er umklammert mich, hält mich fest.

Ich fühle, wie sein Herz zu mir hindurch pocht.

Er riecht nach Lavendel und Wein.

"Alles ist gut", sagt Finn immer wieder.

Als ob er will, dass es mir gut geht.

"Mir geht es gut", sage ich. "Es tut mir leid. Ich weiß nicht, was über mich gekommen ist."

Finn hilft mir auf.

Er hat einen Arm um meine Taille gelegt und zieht mich, als wir wieder stehen, fester an sich.

Ich schaue zu ihm auf.

Langsam zeichnet er die Umrisse meines Gesichts mit seinen Fingern nach.

Er fängt bei meiner Kieferpartie an und führt seine Finger sanft um meinen Mund.

Ich starre ihm in die Augen und halte den Atem an.

Als seine Finger an meiner Unterlippe ziehen, öffnet sich mein Mund und ich atme aus.

Finn schließt die Augen und atmet tief ein.

Er lehnt sich näher an mich heran und teilt meinen Mund wieder mit seinem Finger. Nur dieses Mal drückt er seine Lippen auf meine.

In meinem Körper kommt es zu einer kleinen Explosion.

Ich küsse ihn zurück und unsere Zungen verflechten sich.

Ich vergrabe meine Hände in seinen Haaren und ziehe an ihnen, bis er aufstöhnt.

Wir küssen uns lange. Wobei *rummachen* es eher trifft.

Wir können nicht genug voneinander bekommen.

Unsere Hände gleiten über den Körper des anderen, aber ohne einander auszuziehen.

Jedes Mal, wenn seine Hände an meinen Brüsten vorbeigleiten und sich zu meinem Rücken bewegen, wird es zwischen meinen Beinen immer heißer.

Dann zieht sich Finn plötzlich zurück.

"Kommst du mit mir?", fragt er und schaut mir tief in die Augen.

Ich nicke.

Er nimmt meine Hand und führt mich in sein Schlafzimmer.

Wir laufen über gefühlt tausende Hektar Land, um dorthin zu gelangen. Das Haus ist viel größer als in meiner Erinnerung.

Es fällt mir schwer, zu verbergen, wie sehr ich mich darauf freue, sein Schlafzimmer zu sehen.

Darauf, dass ich mit Finn in seinem Schlafzimmer sein werde.

Nur dieses Mal ist es nicht Finn Daltons Schlafzimmer, nach dem ich mich sehne.

Sondern nach Finns. Meinem Finn.

Der Typ, der all diese Dinge mit mir geteilt hat.

Der Kerl, der meine Beine schwach werden lässt.

Der Mann, der mir mit jeder Berührung Schauer über den Rücken jagt.

Kaum sind wir in seinem Schlafzimmer, schließt er die Tür ab, stürzt sich auf mich und schiebt mich gegen die Wand.

Seine beiden Hände drücken meinen Kopf gegen die Wand und nageln mich fest.

Er presst seine Lippen auf meine und schiebt mir seine Zunge in den Mund. Die Leidenschaft reißt mir den Boden unter den Füßen weg.

Ich stöhne und gebe seiner Zunge mehr Spielraum.

Sein Körper presst sich gegen meinen und ich spüre seine Härte an meinem Bauch. Er scheint mit jeder Bewegung an Größe zu gewinnen.

"Du schmeckst zu gut", murmelt er durch die Küsse hindurch.

Mein Herzschlag geht durch die Decke.

Aber plötzlich ziehe ich mich zurück.

Ich muss ihm etwas sagen.

Das ist nur fair.

Etwas, das ich noch nie jemandem erzählt habe.

"Was ist los?", fragt er.

Ich richte meine Kleidung.

Wische mir den Mund ab.

Ich schiebe ihn von mir weg und gehe zur Mitte des riesigen Raumes.

Die raumhohen Fenster, die eine Seite der Wand auskleiden, beruhigen mich.

"Es gibt etwas, das ich dir sagen muss", sage ich leise. Er wartet. "Es gibt einen Grund, warum ich eine Zeit lang mit niemandem zusammen war. Es ist nicht leicht, darüber zu reden. Aber ich denke, du solltest es wissen."

Finn schaut mich an und sagt kein Wort mehr.

Ich wende mich von ihm ab.

Auch wenn ich es ihm erzählen werde, kann ich es ihm nicht ins Gesicht sagen.

"Mir ist etwas mit meinem Ex-Freund passiert. Das letzte Mal, als wir zusammen waren, das letzte Mal, dass ich Sex hatte, ist mehr als zwei Jahre her. Weil ..."

Komm schon, Chloe.

Reiß dich zusammen.

Du kannst es sagen.

Es ist nur ein Wort.

Du musst keine Angst haben.

Du hast es schon eine Million Mal beim Therapeuten benutzt.

"Ich wurde vergewaltigt. Er hat mich vergewaltigt. Und deshalb bin ich seitdem mit niemandem mehr ausgegangen. Und deshalb habe ich so lange mit niemandem geschlafen."

Ich erwähne einige Details.

Aber nicht alle.

Es war während des Studiums.

Wir hatten schon eine Zeit lang Sex. Und doch wollte ich in dieser Nacht nicht.

Er bestand darauf.

Zuerst dachte ich, er würde nur Spaß machen. Ich protestierte die ganze Zeit.

Dann wurde mir klar, dass er es ernst meinte. Er hatte zu viel getrunken, aber das war keine Entschuldigung.

Zuerst wollte ich den Vorfall nicht melden. Immerhin war er mein Freund. Aber nachdem ich tagelang nicht mehr hatte schlafen können, ging ich zu einer Therapeutin, und sie half mir, den Vorfall zu melden.

Es gab einen Prozess. Ich sagte aus.

Er wurde verurteilt.

Der Staatsanwalt nannte mich "mutig" und sagte, es sei wichtig, es für alle anderen Frauen zu tun.

Aber ich fühlte mich nicht wie eine Heldin.

"Das tut mir wirklich leid." Er legt seinen Arm um mich.

Ich nicke und nehme sein Mitgefühl an.

Auch wenn es unglaublich schwer ist, ist er der erste Mensch, mit dem ich das geteilt habe.

Wir setzen uns auf das Bett.

Ich drehe mich zu ihm um.

"Aber ich möchte dir nur sagen, dass es mir gut geht. Wirklich. Ich habe eine Menge Therapie gemacht. Und ich bin bereit, all das hinter mir zu lassen. Wenn das für dich in Ordnung ist." Auf Finns Gesicht bildet sich ein kleines Lächeln.

"Das musst du wirklich nicht. Wir können die Dinge langsam angehen."

"Ich weiß. Aber ... ich will es", sage ich.

Ich weiß nicht, ob es etwas damit zu tun hat, dass ich eine Frau bin, oder ob es das ist, was ich durchgemacht habe, aber es fällt mir schwer, meine Gefühle zu offenbaren.

Den Leuten genau zu sagen, was ich will.

Besonders bei Männern.

Und doch fühlt es sich bei Finn völlig natürlich an.

## 35

## CHLOE

Für einige Augenblicke glaube ich, dass ich Finn verschreckt habe.

Er macht keinen weiteren Schritt auf mich zu.

Ich weiß, dass ich, wenn ich will, dass es passiert, den ersten Schritt selbst machen muss.

"Ich will mit dir schlafen, Finn", sage ich leise und bewusst. "Du bist der erste Mensch, mit dem ich zusammen sein will, seitdem es passiert ist."

Er nickt, aber der verlorene, wütende Gesichtsausdruck bleibt.

Ich kann seine Wut auf meinen Ex fast spüren, und das bringt mich dazu, ihn noch mehr zu wollen.

Meine Atemzüge sind flach.

Ich gehe näher an Finn heran und streiche mit den Fingern über sein Gesicht.

Ich fahre mit den Fingern über seinen Hals und beginne, sein Hemd aufzuknöpfen.

Ich küsse seinen Nacken, und sobald alle Knöpfe an seinem Hemd aufspringen, fahre ich mit meiner Zunge bis zu seinem Bauchnabel.

Seine Muskeln bewegen sich mit seinem Atem auf und ab und fühlen sich auf meiner Zunge kühl an.

Als ich anfange, seinen Gürtel zu öffnen, verkrampfen sich die Muskeln tief in meinem Innern vor lauter Vorfreude.

Schließlich beginnt Finn zu reagieren.

Er hebt meinen Kopf zu seinem und küsst mich.

Dieses Mal sind seine Küsse fest und langsam.

Fordernd.

Langsam beginnen sie mit meinen zu verschmelzen.

Er öffnet seine Hose und steigt aus ihr heraus.

Dann löst er die Knöpfe meiner Bluse und zieht sie über meinen Kopf.

"Du hast die schönste Haut", murmelt er und küsst die Rückseite meiner Arme.

Er drückt mich auf den Rücken und zerrt an meinem Hosenbund.

Ich schlüpfe aus meinen Schuhen und mit einer schnellen Bewegung zieht mir Finn die Leggings aus.

Er betrachtet meinen Körper von oben bis unten.

Er hält ein wenig zu lange inne.

Das Licht ist gedimmt, aber nicht genug.

Plötzlich verspüre ich einen Anflug von Angst.

Was, wenn ich nicht das bin, was er gewohnt ist?

Was, wenn er denkt, ich sei fett oder hässlich?

Aber bevor ich mich zu sehr von meiner Unsicherheit leiten lasse, leckt sich Finn die Lippen und sagt: "Du bist so heiß. Ich will dich so sehr."

Mein Gesicht errötet.

Hat er das gerade gesagt?

Zu mir?

Ich bin immer noch in meinem BH mit passendem Höschen und er in seinen Boxershorts, aber das hält ihn nicht davon ab, auf mich zu klettern und sich an mir zu reiben.

Er küsst mich und drückt seinen Körper gegen meinen.

Er ist so hart, dass es fast schon weh tut, mit welcher Kraft er sich in mein Becken drückt.

Aber es tut auf eine gute Art weh.

Er überschüttet mich weiterhin mit fordernden und leidenschaftlichen Küssen.

Ich stöhne in seinen Mund.

Dann zieht er mich mit einer schnellen Bewegung nach oben.

Meine Beine schlingen sich eng um seinen Unterkörper.

Als er meinen BH aufmacht und meine Brüste in seinen Mund fallen, werfe ich meinen Kopf zurück und lasse die Leidenschaft durch meinen Körper fließen.

Ich will ihn so sehr. Ich greife seinen starken, kräftigen Bizeps und grabe meine Fingernägel in seine Muskeln.

Er lässt mich auf das Bett sinken und zieht mir das Höschen aus.

Ich schaue auf und sehe, dass er auch seine Boxer-Shorts ausgezogen hat.

Einen Moment lang blicken wir auf den Körper des anderen.

"Du bist so schön", sagt er und vergräbt seine Finger in mir.

Ich bekomme keine Luft und stöhne vor Lust.

Er massiert mich überall, spreizt mich weit auf und lässt meinen Puls rasen.

Gerade als ich anfange, dem Höhepunkt näherzukommen, beugt er sich über mich.

"Bist du sicher, dass du bereit bist?", flüstert er und küsst meinen Nacken. Ich höre das Knistern einer Kondomverpackung.

"Ja." Ich nicke. Ich ziehe sein Gesicht zu meinem und lasse ihn mich ausfüllen.

Meine Haut beginnt zu brennen.

Ich schließe meine Augen.

Er stößt in mich hinein, zieht sich aus mir heraus und lässt meinen ganzen Körper mit Elektrizität explodieren.

Und dann kommt plötzlich ein ganz anderes Gefühl über mich.

Während Finn immer schneller in mich hinein und aus mir heraus bewegt, verkrampfe ich plötzlich meine Zehen und spüre ein ungewohntes warmes Gefühl über meinen Körper laufen.

"Finn!", schreie ich, als ich komme.

"Chloe!", stöhnt er mir ins Ohr und bricht auf mir zusammen.

Als ich aufwache, ist es immer noch dunkel.

Ich habe keine Ahnung, wie viel Zeit vergangen ist.

Ich habe Muskelkater in den Beinen.

Ich strecke sie aus und kräusle meine Zehen.

Finn schläft direkt neben mir. Ich höre seinen tiefen Atemzügen zu und schlafe wieder ein.

Als ich wieder aufwache, ist es hell draußen.

Die Sonne steht hoch am Himmel.

Sie fühlt sich warm an auf meinem Gesicht. Ich fahre mit der Hand über die andere Seite des Bettes und taste nach Finn, aber es ist niemand da.

Ich setze mich im Bett auf.

Mein Körper fühlt sich wund und erschöpft an.

Das habe ich noch nie zuvor erlebt. Ich habe natürlich Sex gehabt, aber keinen Orgasmus.

Das Lustige ist, dass ich so naiv war, zu glauben, ich hätte schon einmal einen Orgasmus gehabt, weil es sich so gut anfühlte, aber jetzt, wo ich es richtig erlebt habe, weiß ich es besser.

Ich brauche dringend etwas zu trinken. Ich schaue mich in dem großen weißen Raum um.

Alles in dem Raum hat einen anderen weißen Farbton.

Ehrlich gesagt wusste ich nicht, dass es so viele verschiedene Versionen davon gibt, aber der Raum hat ein wunderschönes Ambiente, und jede Farbe und Textur ergänzt sich in genau der richtigen Art und Weise.

Auf der Bank am Fußende des Bettes liegt ein Morgenmantel. Ich ziehe ihn an und gehe nach draußen.

Die Fliesen fühlen sich unter meinen nackten Füßen kühl an.

"Hey, du bist ja auf", sagt Finn. "Ich wollte dir gerade das Frühstück ans Bett bringen."

Ich lächle und schaue mich auf der Kücheninsel um.

Sie ist gefüllt mit Tellern mit aufgeschnittener Cantaloupe-Melone, Wassermelone und verschiedenen Beeren.

Finn arbeitet fleißig an einem Stapel Pfannkuchen und Rühreiern.

"Ist das alles für mich?", frage ich.

Er nickt schelmisch.

"Ich wusste nicht, was du möchtest."

"Ich kann das unmöglich alles essen, Finn."

"Naja, du wirst es versuchen müssen."

Ich schüttle den Kopf und schenke mir eine Tasse Kaffee ein.

"Willst du, dass ich dick werde?"

"Vielleicht."

Ich werfe mir eine Beere in meinen Mund.

"Du verwöhnst mich", sage ich, während ich mich auf den Barhocker gegenüber setze.

"Genau das habe ich vor."

Sein Haar ist zerzaust, und er sieht noch sexier aus als gestern Abend, wenn das überhaupt möglich ist.

Er trägt kein Shirt, und jeder Bauchmuskel spannt sich beim Ein- und Ausatmen an.

Ich bin wie hypnotisiert.

Dann ertappe ich mich selbst.

So sehr ich auch lange nach diesem köstlichen Frühstück hier bleiben möchte, möchte ich meinen Aufenthalt nicht überstrapazieren.

"Fährst du mich später nach Hause?", frage ich.

## 36

## CHLOE

Ich warte darauf, dass ein Blick der Erleichterung auf seinem Gesicht auftaucht, aber das tut es nicht.

Was ich stattdessen bekomme, ist ein Blick der Enttäuschung.

"Oh, du musst nach Hause?", fragt er langsam.

"Nein, eigentlich nicht. Aber ich will nicht zu lange bleiben. Ich bin sicher, dass du noch viel zu tun hast."

Er schaut zu mir auf.

Die leichte Bräune seiner Haut glitzert im Sonnenlicht.

Er lächelt mit seinen perlweißen Zähnen.

"Nein. Eigentlich habe ich keine Pläne", sagt er mit einem Achselzucken und serviert mein Rührei.

"Bist du sicher? Denn es ist wirklich kein Problem."

"Wie wäre es damit? Ich möchte, dass du hier bleibst und mit mir abhängst. Aber wenn du nicht willst, verstehe ich das vollkommen."

Ich atme tief ein.

Will Finn wirklich mehr Zeit mit mir verbringen?

"Okay", sage ich und beiße in das leckerste Rührei, das ich je in meinem Leben gegessen habe.

"Okay?", hakt er nach und schmiert seinen Pfannkuchen großzügig mit Ahornsirup ein.

Ich nicke, und wir frühstücken schweigend, aber mit einem breiten Lächeln im Gesicht.

Da er gekocht hat, nehme ich es auf mich, aufzuräumen.

Ich beginne, das schmutzige Geschirr in die Spülmaschine zu stellen.

Plötzlich höre ich die Klingel.

Finn geht zur Tür.

Wenige Augenblicke später höre ich ihn sagen: "Sie können hier nicht einfach hereinplatzen."

Eine Frauenstimme sagt etwas im Gegenzug, aber ich verstehe es nicht ganz.

"Für wen hältst du dich? Hältst du dich für besser als andere Menschen oder so? Als ich mit deinem Agenten sprach, wurde mir versichert, dass du ein Gentleman bist. Aber es geschieht mir recht, dass ich dich nicht richtig durchleuchtet habe, nicht wahr?"

Der Akzent ist sehr vertraut.

Texanisch.

Wen kenne ich, der aus Texas kommt?

Oh, ja, das stimmt. Dolly.

"Ich weiß nicht, wovon Sie reden", sagt Finn.

Seine Stimme kommt immer näher.

Ich weiß, dass sie auf dem Weg hierher sind.

Ich sehe Dolly, gerade als ich mir die Hände abtrockne.

"Chloe?" Dolly schreit meinen Namen regelrecht.

Ich mache einen Schritt nach vorne und ziehe den Gürtel meines Gewandes enger.

Plötzlich wird mir bewusst, dass ich darunter nichts anhabe.

"Hallo, Dolly", sage ich leise.

"Was machst du hier?", fragt sie.

Ihr Ton gefällt mir nicht.

Für wen hält sie sich?

"Ähm, was machst *Du* denn hier?", frage ich.

"Ich bin hier, um meinem Klienten einen Einlauf zu verpassen, weil er dich bei deinem Date versetzt hat. Da du mir das kürzlich gesagt hast. Aber jetzt sehe ich, dass du die ganze Zeit bei ihm warst. Was geht hier vor?"

Ich starre sie an.

Wovon zum Teufel spricht sie?

"Er hat mich versetzt. Das ist Finn, ein Typ, mit dem ich arbeite. Wir sind uns auf dem Gouverneursball zufällig begegnet."

"Oh, nein, nein, nein." Sie wackelt mit dem Zeigefinger, als ob wir fünf Jahre alt wären. "Das ist Finn Dalton. Er war deine Verabredung."

"Was?", frage ich.

Ich kann hören, was sie sagt, aber nichts davon ergibt für mich einen Sinn.

"Nein, meine Verabredung hat mich versetzt."

Ich drehe mich um und schaue Finn an.

Er schaut zu Boden und dreht sich dabei fast von mir weg.

"Was geht hier vor, Finn?", frage ich.

Auch Dolly wendet sich an ihn.

Sie kreuzt ihre Hände über der Brust und klopft mit dem hohen Absatz auf den Boden.

"Ich weiß nicht, was über mich gekommen ist, Chloe. Es war nur dieser unglaubliche Zufall.

Ich hatte diese Verabredung und als ich dort ankam und herausfand, dass du es warst ... ich weiß nicht, ich fühlte mich einfach ..."

"...danach zu lügen?"

"Nein", murmelt er.

"...danach, so zu tun, als hätte mich meine Verabredung versetzt? So zu tun, als wärst du ein Ritter in glänzender Rüstung, der mich aus einer misslichen Lage rettet?", frage ich.

Jetzt fange ich wirklich an zu hassen, dass ich diesen blöden Seidenbademantel trage, den er mir hingelegt hat.

"Nein, das ist nicht das, was ich wollte. Ich wollte nur mit dir reden, als wäre ich nicht dein Date. Ich wollte dich ein bisschen besser kennenlernen."

"Nun, jetzt kennst du mich, nicht wahr? Ist das nicht toll?", frage ich.

Ich gehe in Richtung Schlafzimmer, um mich umzuziehen, aber er packt meinen Arm und zieht mich an sich heran.

"Chloe, bitte", sagt er.

"Lass mich los, Finn. Lass mich los!", schreie ich, als er mich zuerst nicht gehen lässt.

Er lässt mich los, und ich renne zum Schlafzimmer.

Ich ziehe mich so schnell wie möglich um und schnappe mir mein Handy. Erst dann merke ich, dass ich keine Mitfahrgelegenheit nach Hause habe.

Scheiße.

Ich fühle mich, als würde ich gleich in Tränen ausbrechen, aber ich sammle meine Gedanken und atme ein paar Mal tief durch.

Der Rest der Stunde ist verschwommen.

Irgendwie schaffe ich es, meine Sachen zusammenzupacken und in Dollys Auto zu steigen. Sie bietet mir an, mich nach Hause zu fahren.

Ich möchte nein sagen, aber ich habe nicht viele Möglichkeiten, es sei denn, ich möchte 100

Dollar für ein Taxi zahlen und bei Finn auf ein Taxi warten.

"Es tut mir so, so leid, Chloe", sagt Dolly immer wieder in ihrem nervtötenden Akzent.

Wenn sie nicht wäre, säße ich nicht in diesem Schlamassel.

Ich wusste, dass Finn nie ein Mensch war, dem ich wirklich vertrauen konnte, aber nicht nur, weil er ein Filmstar ist.

Es ist, weil er ein Mann ist.

Und egal, wie sehr ich es auch versuche, ich bin nicht bereit, eine Beziehung mit einem Mann zu führen.

Zu schade, dass ich nicht auf Frauen stehe.

Das alles wäre so viel einfacher.

"Chloe, bitte, bitte, sag etwas."

"Was soll ich sagen?"

"Wie fühlst du dich jetzt?"

Fragt sie mich das wirklich?

Ich komme mir wie ein Narr vor.

Wie ein Idiot.

Ich hatte den ersten Orgasmus meines Lebens mit jemandem, der ein Lügner ist.

Und was soll ich damit anfangen?

Was soll ich jetzt machen?

Und, was noch schlimmer ist, ich muss ihn wieder bei der Arbeit sehen.

Wenn ich überhaupt noch einen Job habe.

"Ich fühle mich beschissen, Dolly", sage ich und drehe mich zu ihr um.

Ich gehe nicht weiter darauf ein.

Ich starre nach vorne.

Ich komme jetzt nicht mit ihr klar.

Ich komme mit niemandem klar.

Ich möchte mehr als alles andere zu den wenigen Augenblicken vor ihrem Erscheinen zurückkehren und mich wieder glücklich fühlen.

Zufrieden.

Ich meine, ich dachte wirklich, ich hätte jemand Besonderen kennengelernt, und jetzt ist alles schiefgegangen.

## 37

### FINN

Ich weiß nicht, was ich tun soll.

Sie wollte nicht mit mir reden.

Sie ließ mich nichts erklären.

Sie ist einfach gegangen.

Ich weiß, ich bin ein Arschloch für das, was ich getan habe, aber wie konnte sie einfach so gehen?

Zum Teufel mit Dolly.

Ahh! Ich bin so wütend.

Ich möchte etwas zerschlagen.

Mein Handy klingelt.

Widerwillig schaue ich auf den Bildschirm.

"Hi, Finn, du musst schnell kommen!" Ben brüllt praktisch. "Jasmine liegt in den Wehen."

Ben legt auf, und ich starre auf das Handy.

Ich will nicht ins Krankenhaus fahren.

Ich möchte eine Flasche Wodka trinken und etwas Gras rauchen.

Aber ich war schon genug Arschloch für Leute, die mir wichtig sind.

Ich habe keine von Jasmines Geburten verpasst und ich werde nicht damit anfangen.

Ich komme in Rekordzeit im Cedars Sinai Hospital an.

Ben schickt mir die Zimmernummer und ich fahre direkt nach oben.

"Wie geht es ihr?", frage ich.

Ben geht vor dem Raum auf und ab, eindeutig verzweifelt.

"Ähm, nicht gut. Das ist zu früh. Wenn das Baby jetzt kommt ..." Er beendet seine Erklärung nicht.

Ich weiß, was passieren wird.

Ich habe die Fernsehsendungen und die Filme gesehen.

Wenn das Baby jetzt kommt, wird es eine Frühgeburt sein.

Sie wird wahrscheinlich wochenlang im Krankenhaus bleiben müssen und an einen dieser Schläuche angeschlossen werden.

Sie werden ihr Baby nicht berühren dürfen.

Sie werden einen Kittel tragen müssen, wenn sie sie besuchen wollen.

Ich versuche, ihn zu beruhigen.

Ich sage ihm, dass alles gut werden wird.

Beim 200. Mal glaubt Ben mir endlich.

Jasmine entspannt sich jetzt, und ich frage ihn, ob er etwas essen gehen will.

Jasmines Mutter ist bei ihr.

Widerwillig stimmt er zu.

"Alles wird wieder gut", sage ich noch einmal und beiße in ein kaltes Thunfischsandwich. Ben isst ein Stück Pizza. Er nimmt einen Schluck von seiner Cola und nickt.

"Ja, ich hoffe es ... Und, was ist bei dir los? Lenk mich von der ganzen Sache ab."

Soll ich es ihm sagen?

Ach, warum nicht?

Er will eine Ablenkung.

Ich werde ihm eine Ablenkung geben.

Ich erzähle ihm die ganze Geschichte.

Er hört mir aufmerksam zu, mit einem verwirrten Gesichtsausdruck.

"Also, warte, ich verstehe nicht. Warum hast du sie angelogen?"

"Das ist die Sache", sage ich. "Ich habe keine Ahnung. Ich sah sie einfach nur da sitzen, und ich hatte irgendwie das Gefühl, dass ich nicht wie bei einem Date unter Druck stehen wollte. Ich meine, wenn sie jemand anderes wäre, hätte ich es getan, aber ich mag dieses Mädchen. Ich mochte sie, schon als ich sie das erste Mal am Set traf."

"Du hast also beschlossen, sie zu belügen?"

"Ja." Ich lasse den Kopf hängen.

"Aber warum hast du es ihr nicht gesagt, als sie das erste Mal zu dir kam?"

"Na ja, das wollte ich auch, aber dann fingen wir an, uns zu küssen. Und dann hat sie sich übergeben. Es gab keinen guten Zeitpunkt. Und dann haben wir uns am Set gestritten, und ich habe sie kaum dazu gebracht, noch einmal mit mir essen zu gehen."

"Das ist übel, Finn."

"Das weiß ich. Glaubst du, ich weiß das nicht?", frage ich. "Ich weiß einfach nicht, was ich jetzt tun soll."

"Was würdest du bei einer anderen tun?"

Ich zucke mit den Achseln. "Ach, ich würde es einfach sein lassen."

"Wow." Ben lächelt.

"Was?"

"Dann musst du sie wirklich mögen."

Ich denke kurz darüber nach. "Das tue ich. Und ich glaube, dass ich sie vielleicht sogar mehr als nur mag."

"Was?" Ben erstickt fast an seinem Getränk.

"Ich glaube, ich könnte mich in sie verlieben", sage ich leise. "Ich hasse es. Mir wird schlecht bei dem Gedanken. Was, wenn sie mir nicht verzeiht? Was, wenn sie mich für immer hasst?"

"Ja, du bist dabei, dich zu verlieben, Mann. Wow, mein Freund wird endlich erwachsen. Das ist ein bedeutsamer Tag für dich, Finn."

Ich rolle mit den Augen. "Nein, es ist ein bedeutsamer Tag für dich, Ben."

"Es ist immer noch eine riesige Sache", sagt er.

Er hat natürlich recht.

Ich habe noch nie so für jemanden empfunden.

Vielleicht fühlt sich Liebe so an.

Ich dachte, sie würde aufregend und adrenalingeladen sein.

Nicht absolut beängstigend.

Nein, Chloe muss mir verzeihen. Ich werde nicht aufgeben, bis sie es tut.

Ich gehe abwechselnd vor dem Wartezimmer auf und ab und schlafe dann wieder.

Zwanzig Stunden später kommt das Baby.

Fünf Stunden später bin ich bei der Arbeit.

Als ich bei der Arbeit ankomme, gehe ich direkt zu Chloes Wohnwagen.

"Chloe, bitte, kannst du einfach mit mir reden?" Ich klopfe an die Tür, aber niemand antwortet. "Chloe, ich gehe nicht, bis du rauskommst."

Nachdem ich ein paar Minuten lang geklopft habe, öffnet sie schließlich die Tür.

"Was willst du?", fragt sie und verschränkt die Arme über der Brust.

"Ich muss mit dir reden", sage ich.

"Dann rede." Sie dreht sich um und beginnt, die Kleider auf den Bügeln durchzugehen. "Ich höre zu", fügt sie hinzu. Ich atme tief ein. Besser wird es wohl nicht werden.

"Chloe, ich weiß, was ich getan habe, ist unverzeihlich."

"Gut, dann verschwinde."

"Ich weiß, es ist unverzeihlich. Aber ich will, dass du mir vergibst."

"Und warum?"

"Weil es mir wirklich, wirklich leid tut. Ich weiß nicht, was über mich gekommen ist. Aber aus irgendeinem Grund habe ich dich einfach da sitzen sehen und ..." Ich verliere den Faden. Es ist schwierig, genau zu erklären, was ich gedacht habe.

"Du hast mich dort sitzen sehen und dachtest, ach, okay, lass uns etwas Spaß mit dieser Idiotin haben."

"Nein, ganz und gar nicht. Als ich dich dort gesehen habe, hatte ich bereits Gefühle für dich. Und ich wollte nicht auf eine formelle

Veranstaltung mit dir gehen. Ich dachte nur, es würde Spaß machen, ich weiß nicht. Ich habe keine gute Ausrede. Es war eine dumme Aktion. Wirklich, wirklich dumm. Und es tut mir leid."

"Mir tut es auch leid", sagt sie. "Weil ich dachte, wir hatten Spaß."

"Den hatten wir! Deshalb hasse ich mich so sehr. Wir hatten Spaß. So viel Spaß. Und ich möchte dich wiedersehen. Und zwar sehr."

Sie schüttelt den Kopf.

"Was?"

"Ich gehe nicht mit Lügnern aus, Finn. Und du bist ein Lügner."

"Bitte, Chloe. Gib mir noch eine Chance."

"Ich kann nicht, Finn. Ich bin gerade wirklich sauer auf dich. Selbst wenn das vorbei ist, kann ich dir keine weitere Chance geben. Weil du es versaut hast. Und zwar gewaltig."

## 38

## FINN

Der Film ist innerhalb eines Monats fertig, ohne dass wir wirklich miteinander in Kontakt kommen.

Ich komme zur Arbeit.

Ziehe die Kleidung an, die sie für mich auswählt.

Sage meinen Text und gehe nach Hause.

Ich versuche, mich ihr noch ein paar Mal zu nähern, aber jedes Mal werde ich kalt und mürrisch abgewiesen.

Es fühlt sich an, als würde ich ihr nachstellen, also halte ich mich zurück.

Aber meine Gefühle für Chloe lassen nicht nach.

Als ich von meinem Agenten höre, dass ich der Sexiest Man Alive des People Magazine sein werde, möchte ich sie zuerst anrufen.

Als ich mir Häuser in Malibu anschaue, ist es Chloe, die ich mitnehmen möchte.

Ich bekomme sie nicht aus meinem Kopf.

Dennoch kann ich sie nicht davon überzeugen, mir noch eine Chance zu geben.

Am letzten Tag unserer Dreharbeiten ist Chloe nicht da.

Ich gehe zu ihrem Wohnwagen, um meine Kleider zu holen, aber sie ist nirgends zu finden. Niemand weiß, wo sie ist, und sie hat sich nicht krank gemeldet.

Zum Glück sind die Kostüme aller Beteiligten beschriftet und organisiert, und wir können uns anziehen und unsere Szene wie geplant drehen.

Gegen Mittag bekommt Martha einen Anruf.

Als sie auflegt, ist ihr Gesicht weiß.

"Was ist los?", frage ich und nehme einen Bissen von meinem Linsen- und Gurkensalat.

"Chloe hatte einen Autounfall."

"Was?", frage ich und verschlucke mich an meinem Essen.

"Das war ihre Schwester. Sie sagte, sie wisse nicht viel, aber es klingt schlimm. Sie ist jetzt auf dem Weg ins Cedars Sinai."

Ich lasse meinen Teller auf den Tisch fallen und stehe auf.

"Ich muss gehen."

"Was? Jetzt?"

"Ich muss gehen, es tut mir leid."

"Aber wir haben nur noch eine Szene zu drehen. Wir sollten bis zum Nachmittag fertig sein."

Ich denke einen Moment darüber nach.

Mein Verstand sagt, dass es in Ordnung ist.

Ich sollte einfach den Tag zu Ende bringen und dann zu ihr gehen, aber mein Bauch sagt etwas ganz anderes.

"Ich weiß. Und es tut mir schrecklich leid. Aber ich muss einfach hingehen. Ich muss sehen, ob es ihr gut geht", sage ich.

Sie können die Szene nicht ohne mich drehen.

Alle müssen bis morgen nach Hause gehen, aber es geht einfach nicht anders.

Manche Dinge muss man einfach tun.

Ich komme in Rekordzeit im Krankenhaus an.

Ich finde Lila in der Notaufnahme vor.

Sie sitzt zusammengerollt auf einem der Stühle.

Ihr Kopf ist zwischen ihren Knien vergraben, und ihre Arme sind fest um sie gewickelt.

"Lila?"

Sie schaut auf.

Ihre Augen sind tränennass.

Ihr Gesicht ist tief rot.

Sie hat geweint.

"Finn?", fragt sie. "Was machst du denn hier?"

"Ich bin sofort gekommen, als ich es gehört habe. Wie geht es ihr?"

Lila schüttelt den Kopf.

"Nicht gut. Sie ist im OP. Sie sagen, sie hat eine Hirnschwellung. Dass sie vielleicht im Koma liegt. Ich weiß es nicht. Sie benutzten all diese medizinischen Begriffe, die ich nicht wirklich verstanden habe."

"Was ist passiert?", frage ich.

"Ich bin mir nicht ganz sicher." Sie schüttelt den Kopf.

Was man einem über Notaufnahmen und Krankenhäuser im Allgemeinen nicht sagt, ist, dass sich jede Minute dort wie ein Jahrhundert anfühlt und jede Stunde wie ein Leben.

Ich kaufe Lila Kaffee und ein paar Süßigkeiten aus dem Automaten, aber der Zucker macht es nur noch schlimmer.

Ich fange an, mich nervös zu fühlen und noch mehr außer Kontrolle zu geraten.

Ein paar Stunden später tauchen ein paar Polizisten auf, die mit den Ärzten sprechen wollen.

Sie sagen Lila, dass die Person, die den anderen Wagen fuhr, betrunken war.

Er hat nicht nur Chloe angefahren, sondern ist auch in ein Auto mit einer Familie gerast. Alle in diesem Auto sind tot.

Lila bricht zusammen, als sie mir das erzählt.

Sie ist völlig untröstlich, und alles, was ich tun kann, ist, meine Arme um sie zu schlingen und ihr zu sagen, dass alles wieder gut wird.

"Versprichst du es?", murmelt sie gegen meine Brust.

"Was?"

"Versprichst du, dass es Chloe wieder gut gehen wird?" Lila schaut mir in die Augen.

"Ja, ich verspreche es", sage ich. "Ich weiß, dass sie wieder gesund wird."

Diese Worte zu sagen, ist der härteste Schauspieljob, den ich je hatte.

Ich weiß, was sie hören will.

Es ist etwas, das die medizinischen Fachleute ihr nicht bieten können. Also bin ich derjenige, auf den sie sich verlässt.

Eine weitere Stunde vergeht.

Ich gehe runter in die Cafeteria und laufe herum.

Irgendwelche Leute halten mich auf und bitten mich um Fotos mit ihnen.

Zuerst versuche ich, nein zu sagen, aber nach einer Weile gebe ich auf. Sie sind auch wegen jemandem hier.

Wenn sie sich dadurch ein bisschen besser fühlen, warum nicht? Das Einzige, was ich nicht zustande bringe, ist ein Lächeln.

Danach fragt mich jeder Einzelne, warum ich hier bin. Ich sage ihnen, dass eine Freundin einen schweren Autounfall hatte. Sie versprechen, für mich zu beten, und sie sagen mir, wo die Kapelle ist.

Ich bin kein religiöser Mensch, aber drei Stunden später, nachdem ich noch eine Runde durch das Krankenhaus gemacht habe, um mir die Beine zu vertreten, stehe ich vor der Kapelle.

## 39

## FINN

Ich öffne leise die Tür. Es ist niemand drin. Es ist dunkel und kühl.

Keine hellen, aufdringlichen Leuchtstoffröhren hier drin.

Ich suche mir einen Platz im hinteren Teil und sitze einfach eine Weile hier.

Ich schließe meine Augen. Ich denke an Chloe.

Ich denke an jeden Moment, den wir miteinander geteilt haben.

Ich denke daran, wie sehr sie mich zum Lachen bringt, wie wenig Zeit wir zusammen hatten und wie ich, egal wie viel Zeit wir zusammen hatten, damit vergeudet habe, sie über etwas zu belügen, das so unglaublich belanglos ist, dass es lächerlich ist.

"Sie ist aus dem OP raus", sagt Lila, nachdem ich in den Wartebereich zurückgekommen bin. "Sie ist jetzt stabil. Aber sie liegt im Koma."

"Im Koma?", frage ich.

Sie hatte es schon einmal erwähnt, aber ein großer Teil von mir hielt es nicht für real.

Oder für möglich.

"Was bedeutet das?", frage ich.

Sie zuckt mit den Achseln.

"Ich weiß es nicht wirklich."

Ich schaue in Lilas Gesicht.

Sie sieht aus, als wolle sie gleich wieder weinen, aber es kommen keine Tränen.

Sie ist erschöpft.

Ich gebe Lila noch eine Tasse Kaffee.

Ich brauche sie nicht mehr zu fragen, ob sie Sahne oder Zucker darin haben möchte.

Nach so vielen Stunden an diesem Ort weiß ich genau, was sie mag. Schwarzen Kaffee, keine Sahne, keinen Zucker.

Sie mag einfache und Peanut M&Ms und hasst knusprige M&Ms.

Sie mag weder Snickers noch irgendeine Art von sauren Bonbons.

"Die Bullen waren wieder da", sagt sie und nimmt einen Schluck. "Anscheinend geht es dem betrunkenen Arschloch, das sie und ihre Familie überfahren hat, gut. Nur ein gebrochener Arm. Aber sie verhaften ihn. Totschlag mit einem Fahrzeug."

"Gut", sage ich.

"Warum muss es so sein? Er war derjenige, der getrunken hat und gefahren ist. Und doch sind es Chloe und diese tote Familie, die leiden müssen. Er hat eine ganze Familie getötet! Die Mutter, den Vater und zwei Kinder. Das kann ich mir nicht einmal vorstellen! Und Chloe, meine süße

Chloe, sie liegt jetzt im Koma. Seinetwegen. Und ihm geht es gut! Nur ein gebrochener Arm. Was zum Teufel ist mit der Welt los?"

Ich lege meinen Arm um ihre Schulter, aber sie stößt mich weg.

Sie steht nicht mehr unter Schock.

Jetzt ist sie wütend.

Ich bin wütend auf sie.

"Ich gehe an die frische Luft", sagt sie und geht weg.

Plötzlich klingelt mein Handy.

Ich hatte es völlig vergessen.

Das Vibrieren in meiner Vordertasche fühlt sich fremd und verwirrend an.

"Hallo, Martha", antworte ich.

Ich erzähle ihr alles, was ich über Chloes Situation weiß.

Sie hört mir aufmerksam zu und sagt immer wieder "Es tut mir leid".

"Und was passiert jetzt?", fragt sie, als ich
fertig bin.

"Ich weiß es nicht wirklich. Ich schätze, sie
werden uns bald zu ihr gehen lassen. Aber sie
liegt im Koma. Und ich habe keine Ahnung,
wann sie wieder aufwachen wird."

"Das ist schrecklich. Betrunkener Fahrer, was?",
fragt sie.

"Ja, und es geht noch weiter. Ihm geht es total
gut. Er hat eine Familie getötet. Hat Chloe
hierher gebracht. Aber er hat nur einen
gebrochenen Arm. Wenigstens haben sie ihn
verhaftet."

"Ja, zumindest das", sagt Martha.

Eine Zeit lang sagt keiner von uns beiden etwas.

Dann trifft es mich.

Sie will etwas von mir.

"Martha, das ist nicht der einzige Grund, warum
du anrufst, oder?", frage ich.

"Nein, ich rufe an, um nach Chloe zu fragen",
sagt sie schnell.

Ich warte darauf, dass sie die richtigen Worte findet.

"Aber nachdem du es schon angesprochen hast ... ja, da ist noch etwas anderes. Wir haben nur noch eine Szene, Finn, und die können wir nicht ohne dich machen. Es sollte nur noch vier oder fünf Stunden dauern, höchstens. Und dann können alle nach Hause gehen."

Ich nicke.

Sie hat natürlich recht.

Auch wenn es zu diesem Zeitpunkt gefühllos und unglaublich egoistisch erscheint, wird der Film ohne mich nicht fertig werden.

"Wie wäre es mit morgen früh?", frage ich. "Ich bleibe heute Nacht hier, aber ich kann morgen früh kommen."

"Ja, ja, das wäre perfekt. Vielen Dank, Finn. Und ich werde heute Abend vorbeikommen und sie besuchen."

"Es gibt wirklich keinen Grund, heute Abend zu kommen", sage ich. "Ich bin mir nicht einmal sicher, ob sie mich reinlassen, weil ich nicht zur Familie gehöre."

"Finn, ich wiederhole mich nur ungern, aber es tut mir wirklich leid. Wenn ich oder wir alle etwas für sie tun können, lass es uns einfach wissen. Bitte."

"Das werde ich. Wir sehen uns morgen", sage ich und lege auf.

Wie ich vermutet habe, lassen sie mich nicht zu Chloe.

Sie wollen nicht, dass sie gestört wird.

Sie lassen Lila erst am nächsten Tag um 5 Uhr morgens rein.

Ein paar Stunden später kommt sie heraus, um zu frühstücken.

"Wie geht es ihr?" Ich laufe auf sie zu. Lila taumelt ein wenig erschrocken.

"Was machst du denn noch hier?"

"Nur warten. Es ist ein Wartezimmer. Was kann man hier sonst noch tun?"

"Finn, du solltest nach Hause gehen. Ganz ehrlich. Geh schlafen."

"Ich muss in einer Stunde bei der Arbeit sein. Wie geht es ihr?"

"Sie ist in einem schrecklichen Zustand. Ihr Gesicht ist ganz bandagiert. Sie hat all diese Schläuche, die in sie hinein- und herauskommen. Und sie liegt im Koma. Es ist, als wäre sie gar nicht da, Finn."

Ich atme tief ein.

"Glaubst du, dass sie mich später zu ihr lassen? Ich muss jetzt zur Arbeit, aber ich bin am Nachmittag zurück."

"Wenn sie es nicht tun, werde ich es tun", sagt sie. "Ich will da nicht ganz allein sitzen."

"Okay", sage ich und umarme sie herzlich. "Bleib stark, Lila. Es wird alles gut."

## 40

## FINN

Iᴄʜ ᴋᴏᴍᴍᴇ ᴀᴜsɢᴇᴢᴇʜʀᴛ und erschöpft am Set an.

Alle schwärmen um mich herum, um herauszufinden, was mit Chloe los ist. Ich erkläre es so gut und so schnell ich kann. Ich will nicht zu viel von meiner Zeit außerhalb des Krankenhauses damit verbringen.

Ich bin hier, um eine Arbeit zu beenden. Ich lese das Skript durch und frische die Zeilen in meinem Kopf auf. Das Auswendiglernen von Text ist eine Fähigkeit, und ich brauche es mir normalerweise nur ein paar Mal durchzulesen, um sie zu beherrschen.

Aber heute ist mein Verstand ganz matschig.

Ich kann mich nicht konzentrieren.

Ich trinke noch eine Tasse Kaffee, aber das hilft nicht wirklich.

"Finn, bist du bereit?" Martha klopft an meine Tür.

Nicht wirklich, sage ich zu mir selbst und nehme mein Skript mit.

Die Szene ist zwischen mir und meinem Vater.

Ich bin sehr wütend auf ihn, weil er unsere Familie im Stich gelassen hat, als ich jünger war, und mit seiner Freundin zusammenzieht.

Als ich auf dem College war, haben er und meine Mutter sich wieder gefunden, haben wieder geheiratet und sogar ein weiteres Kind bekommen, aber ich hatte immer das Gefühl, dass er meine Kindheit versaut hat.

Zu Beginn der Szene habe ich einen langen Monolog, in dem ich meine Gefühle über ihn zum Ausdruck bringe.

Ich vergesse immer wieder meinen Text und stolpere über Worte.

Nach drei oder vier Versuchen bittet uns Martha, eine Pause zu machen.

"Geht es dir gut, Finn?", fragt sie.

"Nein, nicht wirklich. Meine Gedanken sind woanders. Ich dachte, ich könnte das tun, aber ich bin mir nicht sicher, ob ich es kann."

"Finn, du musst dich konzentrieren", sagt sie. Ja, das ist mir vorher nicht in den Sinn gekommen.

"Ich versuch's ja."

"Willst du die Zeilen noch einmal durchgehen?"

Ich nicke.

Widerwillig stimme ich zu.

Ich bin mir nicht sicher, ob ich eine große Wahl habe.

Jede Minute, die dieses Set weiterläuft, kostet die Produktion Geld, das sie nicht haben, und das Letzte, was ich will, ist, morgen oder übermorgen wieder hierher zu kommen.

Sie hat recht.

Ich muss mich konzentrieren.

Ich lese die Zeilen noch einmal.

Spreche sie laut aus.

Ich lege das Drehbuch weg und denke darüber nach, wie sehr ich meinen Vater für das, was er getan hat, hasse.

Danach ... kommen die Worte wie ein Uhrwerk heraus.

Nachdem ich den Monolog hinter mich gebracht habe, findet ein hitziger Austausch statt, bei dem ich meinen Vater in seine Schranken weise.

"Weißt du, wie sich das anfühlt, Dad?", brülle ich aus vollem Halse. "Nein, tust du nicht. Du weißt gar nichts über mich. Du hast dich nie darum gekümmert, es herauszufinden. Weißt du was? Es ist mir egal, ob du und Mom wieder zusammen und verliebt seid. Es ist mir egal. Du warst nicht für mich da, als ich dich am meisten brauchte. Und es ist nicht nur wegen der Scheidung. Es ist mehr als das. Du bist gegangen, Dad. Du bist einfach gegangen, und das war's.

Ich habe drei Jahre lang nichts von dir gehört, und du wohnst fünfundvierzig Minuten entfernt!"

Es gibt eine Menge Theorien zum Thema Schauspielerei, aber die, an die ich glaube und die ich in meinem täglichen Leben verwende, ist die, die einen dazu ermutigt, das, was man weiß, zu nutzen, um bestimmte Gefühle in seinem Charakter hervorzubringen.

Auf der Rückfahrt ins Krankenhaus wird mir klar, dass ich heute nicht tief graben musste, um den Ärger zu erreichen, den ich zum Ausdruck bringen konnte.

Ich bin wütend.

Sehr wütend über das, was mit Chloe passiert ist. Ich bin wütend auf den betrunkenen Fahrer. Ich bin wütend über die ganze Situation.

Ich bin wütend auf mich selbst.

Ich bin wütend darüber, dass ich so ein Idiot war und wie ich mit unserer Situation umgegangen bin.

Dass ich mich entschieden habe, zu lügen, anstatt die Wahrheit zu sagen.

Und worüber ich am wütendsten bin, ist, dass ich über etwas so Dummes gelogen habe.

So unbedeutend.

Ich sehe Lila vor dem Automaten, wie sie eine Tüte Kartoffelchips holt.

"Lila, hey. Ich habe bei Whole Foods angehalten", sage ich und hebe die schwere Tüte mit den Lebensmitteln hoch. "Ich wusste nicht, was du magst, also habe ich von allem etwas mitgenommen. Ein paar Salate, Sandwiches und ein paar gesunde Snacks. So essen wir den ganzen Tag nicht nur Zucker und Mist."

"Oh mein Gott, du rettest mir das Leben", sagt sie.

Lila gibt mir eine warme Umarmung.

"Und, wie geht es ihr?"

"Ähm ... wie vorher, eigentlich. Immer noch im Koma."

Sie stöbert in der Tasche und nimmt einen Linsen-Rote-Bete-Salat mit Blauschimmelkäse heraus. Für einige Augenblicke sagt sie nichts.

"Was ist denn los?", frage ich. "Gibt es etwas, das du mir nicht sagst?"

Lila weigert sich, meinen Augen zu begegnen.

"Lila, bitte. Die Spannung bringt mich um." Schlechte Wortwahl, natürlich. Ich bedaure es sofort.

"Ich habe heute mit meiner Versicherung gesprochen, und sie werden es nicht abdecken. Ich weiß nicht, warum ich dachte, sie würden es tun. Und sie hat keine. Sie wollte sich anmelden, aber aus irgendeinem Grund hat sie es nie getan. Sie ist normalerweise so zuverlässig. Also, ich weiß nicht wirklich, wie zum Teufel wir für all das bezahlen sollen. Eine Freundin von mir hat mir geschrieben und gesagt, dass ihr Vater einmal im Cedars Sinai übernachtet hat, und dass das allein die Nacht 70.000 Dollar kostet. Das wird ihre zweite Nacht hier sein. Plus die Operation."

"Lila, bitte, mach dir keine Sorgen."

"Wie kann ich mir darüber keine Sorgen machen?"

"Ich werde dafür bezahlen. Für alles."

"Was?" Sie schaut zu mir auf.

"Geld spielt keine Rolle, Lila. Ich möchte, dass sie die beste Behandlung bekommt. Was auch immer sie für sie tun müssen, damit es ihr besser geht, das werden wir tun."

"Nein, ich kann dein Geld nicht annehmen." Sie schüttelt den Kopf.

"Naja, du bist nicht diejenige, die es akzeptiert. Es wird Chloe sein. Und ehrlich gesagt, ist es mir egal, ob sie es akzeptiert. Sie ist nicht in der Lage, nein zu sagen. Ich werde ihre Rechnung bezahlen."

Lila beginnt zu weinen.

Sie wirft schluchzend ihre Arme um meinen Hals.

## 41

## FINN

Eine Woche vergeht.

Ich komme gelegentlich nach Hause, um mich umzuziehen und zu duschen. Ich schlafe zweimal in meinem eigenen Bett und das nur für ein paar Stunden.

Ansonsten verbringe ich meine gesamte Zeit im Krankenhaus.

Ich warte.

Ich sitze neben Chloe, schaue auf ihr bandagiertes Gesicht und ihre geschwollenen Augen und Lippen und warte.

Manchmal lege ich meine Hand auf ihre und fühle ihren Puls.

Nur um sicherzugehen, dass sie noch da ist.

Ich weiß, dass sie die hässlichen Leuchtstoffröhren im Raum hassen würde.

Ich öffne die Vorhänge bis zum Anschlag und öffne die Fenster. Frische Luft und Sonnenschein – das sind die Dinge, die das Leben lebenswert machen.

Ich bringe ihr Blumensträuße und sage ihr, welche in jedem Strauß sind.

Fast alle aus der Crew und dem Cast kommen zu Besuch und schicken einen Blumenstrauß oder einen Obstkorb.

Am Ende der Woche ist kaum noch Platz auf dem Tisch, aber es kommen immer wieder Blumen und Obstkörbe.

Dann, eines Nachmittags, öffnet sie die Augen.

Die Sonne scheint hell in den Raum und erfüllt ihn mit Hoffnung und Liebe.

Es ist fast 14 Uhr und ich komme gerade vom Mittagessen zurück.

Ich finde meinen üblichen Platz, ihr und dem Fenster zugewandt.

Als ich mein Handy heraushole, um meine E-Mails zu überprüfen, sehe ich sie.

Zuerst glaube ich nicht, was ich da sehe. Ihre Augenlider flattern ein wenig, wie sie es schon so oft getan haben.

Das ist eine Funktion des Gehirns, das irgendwo im Hintergrund arbeitet, haben die Ärzte erklärt, und es lässt die Besucher denken, dass die Person kurz vor dem Aufwachen steht, aber das ist nicht unbedingt der Fall.

Ich bin schon einmal von dieser Augenbewegung getäuscht worden.

Besonders an den ersten paar Tagen, aber heute ist etwas anders.

Ich sehe sie immer wieder an.

Dann, langsam, aber sicher, öffnet sich eines ihrer Augenlider. Und bald darauf das andere.

"Chloe? Chloe?" Ich greife ihre Hand.

Sie nickt leicht mit dem Kopf und drückt dann ihren Zeigefinger in meine Hand.

"Oh mein Gott, Chloe!" Ich nehme ihre Hand an meine Lippen.

Ich küsse sie immer und immer wieder, und große, runde Tränen rollen über mein Gesicht.

"Du bist wach", flüstere ich.

---

IN DEN NÄCHSTEN Wochen erholt sich Chloe zunehmend.

Ich bleibe weiterhin bei ihr, und wir haben viel Spaß zusammen.

Zuerst kann sie nicht einmal im Bett aufrecht sitzen, aber sie kann alles hören, also verbringe ich meine Tage damit, ihr vorzulesen.

Ich stelle fest, dass sie sich nicht allzu sehr für etwas Ernstes oder Beunruhigendes interessiert.

Aktuelle Ereignisse und hartgesottene Kriminalromane sind definitiv out, aber Emily Brontë und Michael Crichton gefallen ihr.

Ich habe noch nichts davon gelesen, und ich genieße *Wuthering Heights* wirklich, auch wenn es mir etwas zu lange dauert.

Crichton gefällt mir jedoch ungemein gut. *Sphere* ist mein Favorit, auch wenn Chloe eine Vorliebe für *Timeline* hat.

Neben dem Lesen vieler Bücher (oder besser gesagt, ich lese und sie hört zu), verbringen wir auch viel Zeit damit, uns Netflix und alte Filme wie *Beetlejuice* anzusehen.

Als wir *Beetlejuice* schauen, sitzt Chloe bereits im Bett und isst alleine.

Sie hat etwas Bewegung im Nacken, aber ihr Kopf ist immer noch bandagiert.

"Das war so witzig", sage ich und schalte mein iPad aus.

Mein Bauch tut mir weh, weil ich so sehr gelacht habe.

"Ich kann nicht glauben, dass ich das noch nie gesehen habe", sagt sie. "Es war urkomisch."

Ich schaue zu ihr hinüber.

Ihr Gesicht ist immer noch geschwollen, und ihre Augen sind wie zwei kleine Schlitze, aber ich liebe das Lächeln, das ihre Verbände auseinander schiebt.

"Meine Nase tut weh", sagt sie.

"Oh, nein, warum?"

"Vor lauter Lachen", erklärt Chloe.

Ihre Nase war gebrochen, und sie mussten sie wieder richten.

Sie trägt oben einen großen Verband, unter dem irgendein Ding aus hartem Metall liegt.

Ich will nicht lügen.

Es sieht nicht schön aus.

"Meine Augen tränen sogar", sagt sie und wischt sich die Lachtränen weg.

Ich schaue sie an.

Sie mag es nicht, wenn ich sie zu sehr anstarre, aber ich kann nicht anders.

"Was? Was ist los?", fragt sie.

"Nichts."

"Warum siehst du mich dann so an?"

"Weil ich einfach so glücklich bin, dass ich diesen Moment mit dir genießen kann. Ich saß hier eine Woche lang, während du im Koma lagst, und wusste nicht, ob ich jemals wieder mit dir sprechen könnte. Oder ob du mich überhaupt wiedererkennen würdest. Und jetzt bist du hier und lachst so sehr, dass du weinen musst. Es ist einfach unglaublich. Du bist unglaublich."

"Sag das nicht." Chloe schaut zur Seite.

Ich kann nicht wirklich erkennen, ob sie rot wird, aber ich vermute es.

"Außerdem, selbst wenn ich es nicht erkannt hätte, wüsste ich, dass du es bist. Du solltest hören, was all die Krankenschwestern hinter deinem Rücken über dich sagen. Du bist ein Rockstar."

"Ein Filmstar", korrigiere ich sie.

Sie rollt mit den Augen. "Autsch."

"Geschieht dir recht, wenn du mit den Augen rollst." Ich lächle.

"Finn ... kann ich dich was fragen?" Chloe wird plötzlich ernst. Ich drehe mich zu ihr um und warte.

"Was machst du hier?"

"Was meinst du?", frage ich.

"Warum bist du jeden Tag hier? Ich meine, ich genieße deine Gesellschaft sehr, und es macht mich definitiv zu einem ihrer Lieblingspatienten. Aber hast du nicht etwas Besseres zu tun?"

Ich bin erstaunt über ihre Bemerkung.

"Willst du mich nicht hier haben?"

"Das habe ich nicht gesagt. Ich liebe es, dass du hier bist."

"Ich bin hier, weil ... weil ich es sein will. Als ich zum ersten Mal hörte, was passiert ist, bin ich fast ohnmächtig geworden. Ich war so erschrocken. Verängstigt. Und als ich hierhergekommen bin und ich habe ich besser gefühlt, als ich hier bei dir sein konnte."

"Und jetzt, wo es mir besser geht?"

"Und jetzt, wo es dir besser geht, möchte ich Zeit mit dir verbringen. Ich weiß, dass ich vorher nicht die Chance hatte, das richtig zu erklären, aber ich war ein totaler Idiot. Es war richtig, dass du dich aufgeregt hast. Es tut mir nur leid, dass ich nie die Chance hatte, es wieder gut zu machen. Ich hätte nicht lügen sollen. Ich habe keine gute Entschuldigung. Es war total dumm und unreif, und ich hoffe nur, dass du mir eines Tages noch eine Chance geben kannst."

"Noch eine Chance?"

"Noch eine Chance für ein weiteres Date. Ich würde gerne wieder mit dir ausgehen, Chloe."

Sie lächelt und erhellt damit die ganze Welt.

---

ENDLICH IST der große Tag gekommen.

Chloe wird morgen entlassen, aber die Verbände werden ihr heute abgenommen.

Seit einigen Tagen ist sie deswegen nervös.

Aufgewühlt und unruhig.

Lila ist mit uns im Zimmer und versucht, sie zu beruhigen.

"Alles wird wieder gut, Chloe", sagt sie. "Du wirst großartig aussehen."

"Ja, da bin ich mir nicht so sicher." Sie schüttelt den Kopf. "Was ist, wenn darunter alles zerfetzt ist?"

"Na ja, es wird doch bestimmt angenehm sein, sie einfach loszuwerden, nicht wahr?", fragt sie.

"Ich weiß nicht so recht. Ich habe mich jetzt irgendwie an sie gewöhnt."

Ich schaue sie an.

So klein in ihrem Krankenhausgewand und in dem großen Krankenhausbett.

Die Sonne steht noch am Himmel, und die Leuchtstoffröhren sind nicht so stark wie sonst. Das ist gut.

Niemand sieht unter den Dingern gut aus.

Ich bin Schauspieler.

Ich weiß sehr wenig über Lichttechnik oder wie sie funktioniert, aber eines weiß ich.

Die Beleuchtung ist alles.

Es gibt die Stimmung vor, es lässt gewöhnliche Menschen besonders gut aussehen, und man möchte nicht nach Wochen zum ersten Mal ohne die richtige Beleuchtung die Verbände abnehmen und sich sein Gesicht ansehen.

"Du wirst wunderschön aussehen", sage ich. "Weißt du, warum ich das weiß? Weil du schön bist."

Sie neigt den Kopf leicht zur Seite und winkt ab.

Sie kann ihren Hals immer noch nicht ganz bewegen, sonst würde sie auch den Kopf schütteln, das weiß ich.

"Aber wenn du möglichst gut aussehen willst, ist es besser, es jetzt zu tun und nicht später. Das Licht, das in dieses Fenster fällt, ist unglaublich."

Sie holt tief Luft.

Die Krankenschwestern bieten ihre Hilfe an, aber sie sagt, dass sie es selbst tun will.

Sie hat sie schon eine Million Mal dabei gesehen, als sie die Verbände wechselten.

"Okay, ihr zwei, gebt mir den Spiegel und schaut weg."

Lila und ich drehen uns um und warten.

Es fühlt sich an, als würde eine Ewigkeit vergehen, bevor sie wieder spricht.

Ich warte darauf, dass sie keucht oder schreit.

Oder lacht.

Aber ich höre keinen Laut von ihr.

Die Spannung bringt mich um.

"Okay", sagt sie. "Dreht euch um."

Lila und ich drehen uns um. Ich sehe das schönste Mädchen der Welt.

"Du siehst ... umwerfend aus", flüstere ich.

Sie lächelt.

"Ja, wirklich, wirklich gut, Chloe."

Sie schaut uns an und dann in den Spiegel.

"Ihr zwei seid verrückt", schließt Chloe.

"Was?", fragt Lila.

"Mein Haar ist verfilzt, meine Wangen sind immer noch sehr geschwollen, und ich bin lächerlich blass. Und meine Nase ... na ja, abgesehen von dem Bluterguss sieht sie wohl ganz gut aus."

"Du bist die schönste Frau der Welt", sage ich, ohne zu zögern.

Ich schauspielere nicht.

In diesem Moment ist sie es.

## 42

## CHLOE

ICH ERINNERE mich nicht an den Unfall.

In der einen Minute fuhr ich auf dem Freeway und in der nächsten bin ich im Krankenhaus und starre auf die hellen Lichter und das ganze Personal, das auf mich herabblickt.

Sie laufen herum und schreien etwas, aber ich kann kein Wort verstehen.

Ich bin irgendwo weit weg.

Nicht über ihnen, aber ganz sicher auch nicht in meinem Körper. Danach verblasst alles und wird schwarz.

Ich verliere jegliches Zeitgefühl.

Als ich aufwache, ist Finn der erste Mensch, den ich sehe.

Er ist dort und schläft in dem Stuhl neben mir.

Ich kann nicht mit ihm sprechen.

Ich kann keinen Finger bewegen.

Er sieht so friedlich aus, wie er da sitzt und schläft.

Ich beobachte ihn.

Ich glaube nicht ganz, dass er es ist.

Warum sollte ausgerechnet er hier sein?

Wo ist Lila?

Wo sind meine Eltern?

Es wird wieder dunkel.

Irgendwann später wache ich wieder auf.

Meine Augenlider fühlen sich schwer an. Finn ist wieder da.

Er sieht sich etwas auf seinem Handy an. Ich möchte nach ihm rufen, aber mein Mund ist zu schwer, um ihn zu öffnen.

Er sieht mich.

Zumindest glaube ich, dass er das tut.

Dann wird mir klar, dass ich meinen Finger bewegen kann. Ich drücke ihn so fest ich kann in seine Hand.

Das schönste Lächeln bildet sich auf seinem Gesicht. Seine Augen füllen sich mit Hoffnung, und ich weiß, dass alles gut werden wird.

In den nächsten Wochen ist meine Genesung langsam, langweilig und mühsam.

Meine Eltern kommen mich besuchen. Lila erzählt mir, dass sie in der Nacht des Unfalls ausgeflogen sind und seitdem hier sind.

Sie kommen mich täglich stundenlang besuchen, zusammen mit Lila. Sie beide scheinen Finn sehr zu mögen.

Sie reden die ganze Zeit mit ihm, und er bleibt weiterhin bei mir. Es ist, als wäre er nie nicht hier.

Um sich die Zeit zu vertreiben, liest er mir vor und wir schauen gemeinsam Netflix. Ich verliebe mich in seine sanfte Stimme und sein lautes Lachen. Er lacht mit seinem ganzen Körper.

Ohne jedes schlechte Gewissen. Ich erinnere mich, dass ich früher auch so gelacht habe. Aber heute wird mein Lachen durch all die Schläuche, Verbände und die Angst vor Schmerzen eingeschränkt.

Dann kommen die Verbände ab. Ich habe schreckliche Angst vor der Person, die ich darunter sehen werde.

Ich habe Angst, mein altes Gesicht nicht mehr zu haben. Ich erinnere mich, dass ich in der Vergangenheit bei jedem dummen Pickel oder jeder Unvollkommenheit ausgeflippt bin.

Aber jetzt möchte ich mein altes Gesicht mehr als alles andere wieder haben. Als ich das erste Mal in den Spiegel schaue, sehe ich, wie sie zu mir zurückschaut.

Man sieht mir die Folgen den Unfalls ein wenig an, aber insgesamt bin ich ich.

Als ich mich zu Finn umdrehe, verrät mir sein Gesichtsausdruck, was er denkt.

Er denkt, dass ich schön bin.

Finn Dalton denkt, ich bin schön!

"Wow", sagt Finn, als er den Raum betritt.

Die Krankenschwestern haben mir geholfen, in das locker sitzende, schwarze Kleid zu schlüpfen, das Lila mir gekauft hat.

Ich habe eine Stunde oder so Zeit, um meine Haare und mein Make-up in Ordnung zu bringen.

Morgen werde ich entlassen, und zur Feier des Tages führt er mich zu einem Date aus.

Nicht weit, nur bis zum Dach.

Aber es ist trotzdem ein Date.

"Du siehst ... atemberaubend aus", sagt er. Ich lächle und mein Herz schwillt an vor lauter Freude.

"Danke. Du auch", nuschle ich.

Das ist eine ziemliche Untertreibung. Finn trägt einen maßgeschneiderten grauen Anzug ohne Krawatte.

Das weiße Hemd mit den Knöpfen ist perfekt gestärkt und bringt seine olivfarbene Haut und seine leuchtenden Augen zur Geltung.

Seine Haare fallen ihm locker in die Augen, aber auf die perfekte, lässige Art und Weise, die Mädchen in Ohnmacht fallen lässt.

"Bist du bereit?", fragt Finn. Ich nicke und er beginnt mich zu schieben. Wir nehmen den Lastenaufzug nach oben.

"Bist du sicher, dass wir hier sein dürfen?"

"Nein", sagt er nonchalant. "Aber ich habe alles vorbereitet."

Als sich die Fahrstuhltüren öffnen, sehe ich, was er am Rand des Daches vorbereitet hat.

Lichterketten wickeln sich um das Geländer und schaffen eine gemütliche Atmosphäre um den kleinen Tisch und einen Stuhl.

"Ein Stuhl?", frage ich.

Er zeigt auf meinen Rollstuhl.

"Oh, natürlich!"

Er lacht und schiebt mich vorwärts.

"Was gibt's denn?", frage ich.

"Etwas sehr Gourmethaftes. California Pizza Kitchen."

Das klingt perfekt.

Ich liebe ihre Pizza, und ich habe sie schon ewig nicht mehr gegessen.

Als wir endlich an den Tisch kommen, sehe ich, dass das Essen vielleicht nicht gerade in die Kategorie Gourmet fällt, aber das Ambiente tut es auf jeden Fall.

Der Tisch ist mit dickem, weißem Leinen und mit teuren Tellern und Besteck gedeckt. Es gibt sogar eine Narzisse und ein Gänseblümchen in der Mitte des Tisches.

"Lila hat mir gesagt, dass das deine Lieblingsblumen sind", sagt Finn.

"Das sind sie", sage ich.

Als er den zugedeckten Silberteller öffnet, sehe ich eine Vielzahl von Pizzastücken, die sorgfältig zu einer runden Pizza gelegt wurden.

"Ich war mir nicht sicher, welche du bevorzugst, also habe ich von allem etwas genommen."

"Ich fange mit einem Stück Pesto an", sage ich.

"Pesto soll es sein." Finn nimmt sich selbst ein Stück Hawaii-Pizza.

## 43

## CHLOE

NACHDEM ER UNS etwas Wein eingeschenkt
hat, setzt er sich mir gegenüber hin und schaut
mich an.

"Ich würde gerne einen Toast aussprechen",
sage ich.

Er nickt.

"Ich bin keine große Rednerin, aber ich habe das
Gefühl, dass ich dir etwas sagen muss. Du hast in
den letzten Wochen so viel für mich getan, und
ich werde es dir nie zurückzahlen können. Du
warst für mich da, obwohl ... ich vor diesem
Unfall schrecklich zu dir war."

"Nein, das warst du nicht."

"Doch, das war ich. Unterbrich mich nicht." Er lässt ein schüchternes Lächeln aufblitzen und wartet ab. "Also möchte ich diese Gelegenheit nutzen, um dir von ganzem Herzen für alles zu danken, was du getan hast. Von der Bezahlung all meiner Arztrechnungen bis hin zu deiner Gesellschaft. Jeden Tag, tagein, tagaus. Ohne dich hätte die Zeit in diesem Krankenhaus nicht so viel Spaß gemacht."

"Danke", sagt Finn, sobald ich fertig bin. "Und ich möchte auch etwas sagen. Ich bin so froh, dass du dich so schnell erholt hast. Es war ein Vergnügen, all diese Zeit mit dir zu verbringen, und ich hoffe, dass wir auch in Zukunft Zeit miteinander verbringen können."

Der Rest des Abendessens ist nicht so ernst.

Wir scherzen, wir lachen.

Wir reden über blöde alte Filme und Shows.

Er erzählt mir, dass er zum ersten Mal Schauspieler werden wollte, als er *Drei Mädchen und drei Jungen* im Fernsehen sah.

Mr. Brady gab ihm das Gefühl, dass Familien im Fernsehen besser seien als Familien im wirklichen Leben, und er wollte losziehen und sich eine Fernsehfamilie suchen.

Ich erzähle ihm, dass die ersten Kleider, die ich je gemacht habe, für meine Katze aus Kindheitstagen waren.

Ich habe sie immer gequält, indem ich ihr hinter lief und versuchte, sie auszumessen, um den Pullover genau richtig zu machen.

Bald darauf merkte ich, dass es einfacher war, die Maße von Menschen zu bekommen, und machte Lila ein T-Shirt.

Nachdem wir uns mit Pizza und Wein vollgestopft haben, machen wir eine Pause vom Essen.

Er rollt mich auf die gegenüberliegende Seite des Daches und holt sich seinen eigenen Stuhl.

Er setzt sich neben mich, nimmt meine Hand in seine, und wir blicken auf die Lichter von Los Angeles vor uns.

Die Welt schwirrt vor Aktivität, aber wir stehen über all dem. Hier oben gibt es nichts als Frieden und Ruhe.

Nicht einmal ein einziges Insekt wagt es, unser Schweigen zu unterbrechen.

"Ich liebe dich, Chloe", sagt Finn plötzlich aus heiterem Himmel.

Ich drehe mich zu ihm um.

Er schaut mich nicht einmal an.

Er blickt irgendwo weit in die Ferne.

Eine Sekunde lang glaube ich, dass ich ihn falsch verstanden habe.

"Was?"

"Ich liebe dich", wiederholt er in genau demselben Ton. Er dreht sich zu mir um. "Das habe ich noch nie zu jemandem gesagt. Zu niemandem außer zu meiner Mutter."

"Du liebst mich?", frage ich skeptisch. "Aber woher ... weißt du das?"

"Früher habe ich dieselbe Frage gestellt. Und jetzt weiß ich es. Ich weiß es, weil ich dich liebe. Aus einer Million verschiedener Gründe. Aber vor allem, weil ich meine ganze Zeit mit dir verbringen möchte. In all diesen Wochen, selbst als du kaum sprechen konntest, und jetzt, wo du fast wieder normal bist, wollte ich immer Zeit mit dir verbringen. Ich freue mich darauf, dich zu sehen, egal wie viel Zeit vergangen ist. Auch wenn ich gerade einen Snack aus dem Automaten geholt habe. Ich liebe dich, Chloe, und ich will nur, dass du das weißt."

Ich starre ihn an.

In seine intensiven Augen.

Auf seine schönen Lippen.

Ich weiß nicht, was ich sagen soll.

Ich sollte sagen, was ich fühle.

Dass ich ihn auch liebe und dass ich ihn seit unserer ersten Verabredung geliebt habe. Seit dem Moment, als ich dachte, jemand hätte mich versetzt und er hätte mich gerettet. Aber aus irgendeinem Grund habe ich das Gefühl, dass ich ersticke. Tränen sammeln sich in meinen Augen.

"Oh mein Gott, geht es dir gut?", fragt er, nimmt mein Gesicht in seine Hände und wischt meine Tränen mit seinen starken Daumen ab. Ich nicke.

"Es tut mir leid", entschuldige ich mich mehr als alles andere für das Weinen.

"Nein, ich bin derjenige, dem es leid tut. Das war zu viel für dich. Ich hätte es nicht so heftig rüberbringen sollen."

Ich schüttle den Kopf.

Er versteht es nicht.

Es sind Tränen der Freude.

Erleichterung. Hoffnung.

Ich schaue ihm in die Augen und komme ihm dann ein wenig näher.

Als ich meine Augen schließe, berühren seine Lippen die meinen, und Funken von Elektrizität durchströmen mich.

Es fühlt sich an wie beim ersten Mal.

Seine Berührung löst diese chemische Reaktion in meinem Körper aus, die ich nicht kontrollieren kann. Seine Zunge bahnt sich ihren Weg in meinen Mund, während er seine Hände in meinen Haaren vergräbt und leicht daran zieht.

Mein Herzschlag beschleunigt sich, und wir beginnen uns gemeinsam zu bewegen. Seine Hände laufen meinen Nacken hinunter und Schauer laufen mir über den Rücken.

Während seine Zunge immer mehr von meinem Mund beansprucht, bewegen sich seine Finger über die Spitze meiner Brüste.

Meine Atmung beginnt ein wenig schneller zu werden. Ich fahre mit den Fingern an seinem Körper entlang und halte an seinen Oberschenkeln inne.

Ich bewege meine Hand an seinen Oberschenkeln auf und ab, und seine Atmung wird so schnell wie meine. Ich spüre seine Härte in meiner Hand, während ich meine Finger um ihn schlinge.

"Oh, Chloe", stöhnt er mir ins Ohr.

"Fühlt sich das gut an?", frage ich. Er nickt durch den Kuss.

Wir machen noch ein bisschen länger rum, aber wir überschreiten nie die Grenze.

Mein Arzt hat mir klar gemacht, dass ich noch keinen Sport ausüben kann, und dazu gehört auch Sex.

So sehr ich auch gegen diese Regel verstoßen möchte, ich kann es nicht.

Ein großer Teil von mir ist erleichtert, als Finn sich zuerst zurückzieht. Er war dabei, als der Arzt mir alle Regeln zur Genesung erklärt hat.

Nachdem wir aufhören, wie Teenager rumzumachen, nimmt er meine Hand in seine und wir schauen wieder von dem Dach und bewundern die Lichter unter uns.

"Finn", sage ich nach einer Weile.

"Ja?", antwortet er nach einem Moment. Gedankenversunken.

"Ich liebe dich auch."

## 44

## CHLOE

Es ist unser Zweijähriges.

Genau zwei Jahre sind seit unserer Verabredung auf dem Dach des Cedar Sinai Medical Center vergangen.

Obwohl meine Genesung manchmal schwierig war und ich immer noch ab und zu Schmerzen im Nacken habe, geht es mir eigentlich schon viel besser.

Nach unserem Date auf dem Dach ging ich zusammen mit Finn nach Hause und bin so gut wie nie mehr gegangen.

Zuerst war alles unter dem Vorwand, dass ich immer noch Hilfe brauchte, um gesund zu werden, weil meine Eltern wieder nach Hause fahren mussten und Lila zur Arbeit musste.

Aber nach ein paar Wochen war es so, weil wir beide es so wollten. Jedes Mal, wenn ich dachte, dass ich zu lange bleiben würde, hat Finn mich davon überzeugt, dass das nicht der Fall war.

Er bat mich, noch ein paar Tage zu bleiben.

Nach einer Weile zog ich einfach mit all meinen Sachen ein und wir lebten zusammen.

In den letzten zwei Jahren zogen wir nach Malibu, Finn gewann einen Independent Spirit Award für den Film, an dem wir zusammen gearbeitet hatten, und wurde der Sexiest Man Alive des *People Magazine*.

Ich gründete mein eigenes Business im Bereich Kostümdesign und habe gerade einen großen Auftrag bei Universal an Land gezogen. Drei Filme mit mittlerem Budget.

Auf meine Bitte hin haben wir unsere Beziehung ziemlich privat gehalten, und weil ich nicht berühmt bin, haben uns die Paparazzi so ziemlich in Ruhe gelassen.

Aber gelegentlich sehe ich in der US Weekly Bilder von mir selbst, wie ich in Jogginghose bei Trader Joe's einkaufe.

Ich sehe selten gut aus, und ich habe gelernt, diese Magazine ganz zu ignorieren.

Letztes Jahr mussten Finn und ich an unserem Jahrestag arbeiten (er in Norwegen und ich in LA), und wir mussten den Tag über FaceTime feiern.

Als der heutige Tag näher rückte, sagte er, er habe etwas ganz Besonderes geplant, aber es sei eine Überraschung.

Finn ist nicht wirklich der super romantische Typ, aber ich weiß immer noch nicht, was mich erwartet.

"Wo gehen wir hin? Kannst du mir wenigstens das sagen?" Ich drehe mich auf dem Rücksitz der Limousine zu ihm um.

"Das würde die Überraschung verderben."

"Warum kann ich nicht wenigstens das hier ausziehen?", frage ich und beziehe mich dabei auf die seidene Augenbinde, die ich trage.

Ich weiß nichts über das, was kommt, außer dass ich ein Kleid anziehen und eine Jacke und einen Schal mitbringen sollte.

Als Kostümbildnerin finde ich es besonders nervig, mich für eine Überraschung anzuziehen.

Ein Kleid, eine Jacke und ein Schal?

Mitten im südkalifornischen Sommer?

Ich bin mir nicht sicher, ob ich etwas eher Elegantes oder eher Lässiges tragen sollte, also entscheide ich mich schließlich für ein kurzes, hellblaues Kleid mit Taschen und einer taillierten Passform. Es dürfte ein guter Kompromiss sein.

Mit hochhackigen Schuhen passt es gut in ein schickes Restaurant und in flachen ist es eine gute Option für den Strand.

Ich bringe für alle Fälle ein Paar flache mit, eine eng anliegende schwarze Jacke und einen transparenten Chiffon-Schal.

Als wir an unserem Ziel ankommen, schlägt Finn vor, dass vielleicht die flachen die bessere Wahl sind. Ich wechsle meine Schuhe, und er hilft mir aus der Limousine heraus.

Wir gehen ein paar Minuten über weiches Gras.

"Die flachen waren eine gute Entscheidung", sage ich.

"Okay." Finn hält mich an. "Ich nehme dir jetzt die Augenbinde ab."

Wir stehen auf einer Wiese und neben uns ist ein riesiger gelber Heißluftballon angebunden.

"Oh mein Gott", flüstere ich, unfähig, meine Aufregung im Zaum zu halten. "Ich wollte schon immer mal eine Heißluftballonfahrt machen!"

"Ich weiß." Er lächelt auf diese kokette Art, die mich schwach macht.. "Deshalb sind wir hier."

Wenige Minuten später fliegen wir hoch über die Weingüter von Temecula, der Weinregion Südkaliforniens.

Die Aussicht ist absolut atemberaubend.

Gewaltige Hügel, weite Horizonte, grüne und gelbe Flächen, so weit das Auge reicht.

"Das ist magisch", flüstere ich und halte mich so fest wie möglich an Finn fest.

"Nein, du bist magisch", sagt er.

Ich drehe mich zu ihm um.

Ein paar Haarsträhnen fallen ihm ins Gesicht. Seine Augen funkeln im Sonnenlicht.

"Danke", sage ich. "Das ist das schönste Geschenk zum Jahrestag."

"Da ist noch etwas anderes", sagt er, nachdem er mir einen Moment in die Augen geschaut hat.

Plötzlich wird sein Gesicht ernster.

Nachdenklich.

Eine Sekunde lang fühlt es sich an, als ob etwas nicht stimmt, aber dann greift er in die Vordertasche seiner grauen Anzugjacke und zieht eine winzig kleine Schachtel heraus.

Ich sehe sie an.

Nein.

Nein, das kann nicht das sein, was ich denke.

Oder doch?

"Chloe, du hast mein Leben völlig verändert. Du hast mich zu jemandem gemacht, der das Leben liebt. Du hast mich zu einem besseren Menschen gemacht. Du hast mich gelehrt, was Liebe ist, und dafür kann ich dir nie genug danken. Jeden Tag spüre ich, wie ich mich immer mehr in dich verliebe. Ich kann mir ein Leben ohne dich nicht vorstellen."

Finn kniet sich hin und öffnet die Schachtel mit dem Ring.

Im Inneren befindet sich ein großer Halo-Diamantring mit kleinen funkelnden Diamanten an den Seiten.

Mein Herz fängt an, immer schneller zu schlagen.

Die Welt dreht sich um mich herum. Es ist schwer zu sagen, ob ich es bin oder der Ballon.

"Willst du mich heiraten?"

Ich schaue in seine Augen.

Wir haben überhaupt nicht über die Ehe gesprochen.

Das ist das Letzte, was ich jemals erwartet hätte, aber es gibt nur eine Antwort auf seine Frage.

"Ja", flüstere ich und lege meine Arme um ihn.

"Ja? Ja? Ja?", fragt Finn immer wieder. Es ist, als könne er es nicht glauben. Ich kann es selbst nicht wirklich glauben.

Als ich wieder in seine Augen schaue, hat Finn noch nie so glücklich ausgesehen. Er zieht mich näher an sich heran.

Ich schließe meine Augen.

Als unsere Lippen aufeinander treffen, wird die ganze Welt verschwommen.

Das Leben ist ein Abenteuer, und er ist der einzige Mensch, den ich in mein Abenteuer mitnehmen möchte.

---

VIELEN DANK für die Lektüre von Dressing Mr. Dalton

Ich hoffe, die Geschichten von Chloe und Finn haben Ihnen gefallen.

Möchten Sie eine weitere große Romanze lesen?

**Lesen Sie Geheimnisse und Lügen jetzt!**

*Ich schulde ihm etwas. Etwas, das ich nicht zurückzahlen kann.*

ER WILL ETWAS ANDERES: **mich, für ein Jahr.**

Aber ich weiß nicht einmal, wer er ist …

.  .  .

**365 Tage und Nächte soll ich tun, was er will, … außer *das*.**

"Ich werde nicht mit dir schlafen", sage ich bestimmt.

Er lacht.

"Ich verspreche dir etwas", seine Augen fordern mich heraus. **"Bevor die Zeit vorbei ist, wirst du mich anflehen, es zu tun."**

**Lesen Sie Geheimnisse und Lügen jetzt!**

# MELDE DICH FÜR MEINEN NEWSLETTER AN!

Möchtest Du immer zu den Ersten gehören, die von Sonderangeboten, Neuveröffentlichungen und exklusiven Giveaways erfahren?

Melde Dich für meinen **Newsletter** an und werde Mitglied in meinem **Reader Club**!

Haus von York

Krone von York

Thron von York

### *Gefangen in Eis Serie*

Gefangen in Eis

Gefangen in Schmerz

Gefangen in Spitze

Gefangen in Hass

Gefangen in Liebe

### Geheimnisse Serie

Geheimnisse und Lügen

Geheimnisse und Wahrheit

Geheimnisse und Hoffnung

Geheimnisse und Angst

Geheimnisse und Hass

Geheimnisse und Liebe

### Gefährliche Verlobung Serie

Gefährliche Verlobung

Tödliche Hochzeit

Verhängnisvolle Ehe

## ÜBER CHARLOTTE BYRD

Charlotte Byrd ist Bestseller-Autorin mehrerer moderner Liebesromane. Sie lebt in Südkalifornien, zusammen mit ihrem Mann, ihrem Sohn und einem verspielten Australian Shepherd. Sie liebt Bücher, warmes Wetter und kristallblaues Wasser.

Kontaktieren Sie sie über:

charlotte@charlotte-byrd.com

Finden Sie Ihre Bücher auf:

www.charlotte-byrd.com

Verbinden Sie sich mit ihr auf:

www.facebook.com/charlottebyrdbooks

Instagram: www.
instagram.com/charlottebyrdbooks

Twitter: www.twitter.com/ByrdAuthor

Facebook-Gruppe: Charlotte Byrd's
Reader Club

---

Möchtest Du immer zu den Ersten gehören, die
von Sonderangeboten, Neuveröffentlichungen
und exklusiven Giveaways erfahren?

Melde Dich für meinen **Newsletter** an und
werde Mitglied in meinem **Reader Club**!

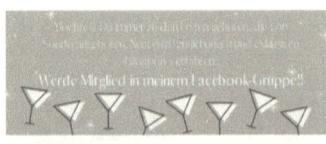

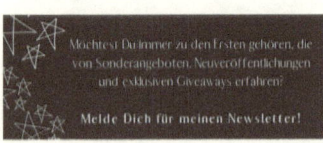